兄弟，一切都会变好的

dei

—— 琪琪弗 / 著 ——

海峡出版发行集团 | 海峡文艺出版社

图书在版编目（CIP）数据

兄弟，一切都会变好的 / 琪琪弗著. — 福州：海峡文艺出版社，2022.1
ISBN 978-7-5550-2790-4

Ⅰ. ①兄… Ⅱ. ①琪… Ⅲ. ①随笔-作品集-中国-当代 Ⅳ. ①I267.1

中国版本图书馆 CIP 数据核字（2021）第 251824 号

兄弟，一切都会变好的

琪琪弗　著

出 版 人	林　滨
出版统筹	李亚丽
责任编辑	邱戊琴
编辑助理	王清云
特约策划	闫瑞娟
出版发行	海峡文艺出版社
经　　销	福建新华发行（集团）有限责任公司
社　　址	福州市东水路 76 号 14 层
发 行 部	0591—87536797
印　　刷	三河市兴博印务有限公司
厂　　址	河北省廊坊市三河市杨庄镇大窝头村西
开　　本	880 毫米 ×1230 毫米　1/32
字　　数	140 千字
印　　张	9.75
版　　次	2022 年 1 月第 1 版
印　　次	2022 年 1 月第 1 次印刷
书　　号	ISBN 978-7-5550-2790-4
定　　价	49.80 元

如发现印装质理问题，请寄承印厂调换

谁说我 de 悄悄话

瘦成5位魔术师！

我最看重的是人，我觉得脸长得很好看，身上要果15公分，别让他拉肚里天的

我爸妈
说我又胖了

你幸好每一餐吃的的作业

明明瘦子太活

要看可我的方式，要给我跟是瘦一身

我又不是猪
你教我

瘦身的
生活建重

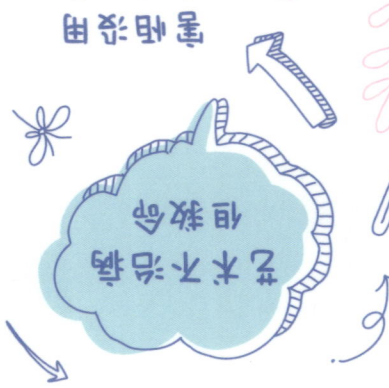
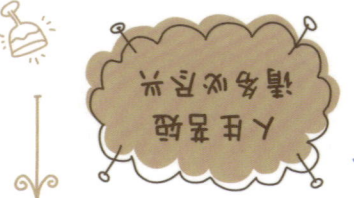

不问命数,我心有山海

以后我要种好多好多月季花，

架起竹篱笆，

你路过可以和我打个招呼，

再闻闻我的花。

当身处困厄之中,
心怀希望乐天达观能给我们带来强大、持续且坚定的力量。

序

生命的长度／树以树轮来计算／我以年龄来衡量／而生命的厚度呢／原本想把行走的轨迹／写成一本书／有平平仄仄的韵律／有起起伏伏的情节／看似天马行空／却是按部就班／可我发现我错了／没有安排更没有／彩排／生命是一台没有预演的戏

——蒋凯警《行走的生命》

20世纪80年代初热播的电视连续剧《血疑》，主演们精湛的表演和优美的主题曲旋律极具艺术感染力，通过这部电视剧，当时还是少年的我第一次知道了急性白血病。没想到若干年后我成为一名血液科医生，致力于治疗和攻克这种疾病。

如果故事发生在现在，电视剧中的女主人公

大概率是可以获得治愈的。因为一方面随着基础和临床医学研究的不断进步，通过化疗方案的优化组合、应用靶向药物和细胞免疫治疗（包括CART和造血干细胞移植），急性白血病的生存率获得了很大的提高，例如儿童急性淋巴细胞白血病，10年生存率从60年代的10%左右提高到了90%；另一方面，女主人公有着优渥的家庭条件，具有接受最佳治疗的经济基础。

伟大的医生爱德华·唐纳尔·托马斯在1956年完成了世界上第一例的造血干细胞移植，并因为对造血干细胞移植的杰出贡献在1990年获得了诺贝尔医学或生理学奖。在急性白血病治疗体系中，具有高危复发风险或者对常规治疗效果不好的患者，接受造血干细胞移植是治愈疾病的重要方法。患者首经过一个叫作预处理的过程，达到清除残存白血病细胞、抑制患者免疫功能和腾空造血龛位的作用，以为供者的造血干细胞顺利植入创造条件；经过预处理后，输注供者的造血干细胞，造血干细胞归巢到骨髓，在患者体内经过造血重建和免疫重建，最终达到抗白血病作用，从而治愈白血病。

涅槃重生，在这个过程中，放化疗的副作用、感染、移植物抗宿主病等一些并发症可能会不期而遇。患者们要经历心灵和肉体的双重考验，等待他们的不仅是可能更长的治疗周期，也面临着经济上的压力。而复发也像达摩克利斯之剑一样，不知何时会出现。

本书的女主人公琪琪正是这样一位接受造血干细胞移植的女孩。琪琪的诊断是急性T淋巴细胞白血病，经化疗缓解后在哈尔滨做了以父亲为供者的第一次基因造血干细胞移植，不幸的是，第一次移植后1年3个月骨髓和髓外（中枢神经系统和眼睛）出现了复发，所以来到我们医院就诊。在接受了化疗、全脑全脊髓放疗和眼部的局部放疗之后，在我们医院进行了二次移植，因为没有别的供者可以选择，二次移植仍然选择了父亲。在这里向这位伟大的父亲致敬！

琪琪瘦瘦小小，小脸白白净净，说话软声细语。一次在移植仓中查房，看着她背对着窗户，手里拿着手机，我心里不解她在做什么，琪琪的母亲解释，琪琪正在做网络直播，她的医药费用中相当一部分就是靠直播支撑着，我当时就对这位小姑娘由衷地佩服。另一次在门诊，琪琪羞涩地告诉我她写了一本书，并且要把稿费捐献给白血病患者的时候，我觉得应该以伟大来形容她了。琪琪，稿费留给自己吧，你的父母和你自己一路走来太不容易了！你写下的文字真实记录了白血病患者的就医历程，可让社会更了解这个群体，让那些"恐白"的病友原汁原味了解这种疾病的治疗过程从而正确面对自己的疾病，让我们这些躯体健康的人更加珍惜生命，这已经是一笔财富了。

琪琪在书中说，这个年龄应该谈一场轰轰烈烈的恋爱、去体会美好的爱情。是的，这个年龄该做的事情很多你现在还不能做，但你一直被"爱"包围着，父母亲情之爱、朋友的友情之爱，这些美好的情感使得并不完美的人生成为精彩的人生。

异基因造血干细胞移植技术不断成熟，国际上接受异基因造血干细胞移植的最高年龄已经到86岁，几乎已经没有什么年龄限制。预处理方案增强抗肿瘤作用同时降低副作用、移植后维持治疗等措施不断提高移植后的生存率。我们来共同努力，使猝不及防的没有预演的人生平平安安。

曹星玉
河北燕达陆道培医院骨髓移植科二病区主任

自序

生活没事儿找事儿，我号陶迎敌，笑说承让。

2018年，我摊上个大事儿——癌症，学名"急性淋巴细胞白血病T型"。一个人长大的标志之一是能扛事儿，这事儿挺难扛的，但我确实长大了。

想把这件事讲给你听，原因有二：

一是截至我目前的人生，这是一段对我和我的家人都很不平凡的经历。从我生病那天起，我们的人生好像突然被硬生生打上一条分割线，我们各自的性格、面对生活的态度以及我们之间的关系通通被打破重塑。这两年来尝到的情绪，获得的感悟值得我好好记录，总之，活这么大，我觉得这事儿够我和别人吹上几年。

二是我不想白遭这回罪，我想做点儿什么，能给你带来哪怕一点儿安慰也是值得的。因为当你知道有人和你经历着同样的事情，人生的难关大概也就没那么害怕了。这种安慰就好像噩梦中惊醒，黑暗中抬头忽见闪耀的点点星子，你情不自禁地笑了，没那么慌乱恐惧了。我知道这有多难熬，我曾经醒来后没有星光闪烁，却看到电闪雷鸣。但，我愿意做那颗刚刚好被你看到的星星。

你要说这事儿有多难，其实过去了也就过去了，无非就是一个23岁的女孩子得了白血病，两年内一次复发、两次骨髓移植，现在还活着，准备把故事讲给你听。但你要说这事儿多简单，整个过程却又是说干唾沫也说不尽的苦辣酸甜。每一步都艰难，每一步都是一个脚印接一个脚印，走得结结实实的，两年多的时间，数下来得多少脚印啊。

其实，到目前为止，我更愿意认为这是件好事儿。毕竟，苦难也不易得，有人怨天尤人，有人宁愿把它当成天赐的一场教诲。命运狠狠地给我上了一课,我也没辜负它,我获益良多。

好吧,接下来我就好好和你们唠唠这事儿,有兴趣你可以用心听听。先来个开场白吧,刚得知自己病情的时候我发了一条朋友圈,借用了李诞的一句话:"未曾开言我先笑场,笑场完了听我诉一诉衷肠。"

好了,认真一点,这事儿我本想长话短说,可说来,却又话长了……

目 录

辑 一　　有道是无常

002　摊上事儿了
009　七月不安生
015　乐天，乐天
022　这事儿你得认
028　36日孤独

035　你有没有为谁拼过命
043　我是主角，我不能死
048　沙漠骆驼
054　今晚月光那么美

辑 二　　再战又何妨

063　一半世界
075　北京北京
082　一梦敦煌
092　八十一难
101　再来一次

112　病房里的春节
119　"照一照"
127　多爱我一点
134　烟火人间
141　与白书

辑三 —————————————— **温暖的事啊**

150　树坚强与扁鹊先生　　　177　道培三宝
157　在逃"白血公主"　　　187　京牌，公证处
163　头发　　　　　　　　　192　乡愁
171　人生大事"吃喝"二字　196　墓志铭

辑四 —————————————— **亲爱的人啊**

203　致别离　　　　　　　237　写给舒服
211　致离别　　　　　　　243　我们仨
222　那些花儿　　　　　　251　给琪琪的信
232　嘿，兄 dei（弟）

附录 ——————————————

259　宝贝　　　　　　　　287　后记
262　你说的话，我有听到

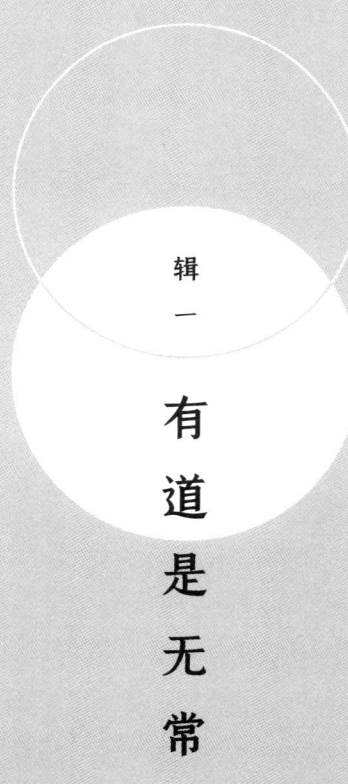

辑一

有道是无常

20岁出头的年纪,
同龄人忙着求田问舍,
而我不得不忙着求医问药。

兄弟(dei)，一切都会好起来

摊上事儿了

2018年在年中利落地一分为二。没啃完的波罗蜜，刚翻了几页的新书，还有和好友未兑现的约定……统统戛然而止，那个七月让我措手不及。

还没想好怎么应付上海潮湿闷热的夏天，7月2日一早我便赶回哈尔滨。没想到这次回去，至今我也没能再次感受到上海的夏天。

时间推回到6月中。我去爬心心念念了许久的华山，夜里九点半进山门，走走停停，手脚并用地爬了六个半小时，只为一睹华山日出，看看西岳峥嵘何壮哉！奈何天公不作美，刚巧赶上多云。

下山后乏累不已,回到住处饭都没扒几口,倒头就睡。足足睡了一个下午,醒来精神倒是好多了,年轻人嘛,爬个山,通宵睡一觉就补回来了,总以为这就是年轻的资本,有健朗的体魄和挥霍不完的精气神儿。但事实证明,我错了。一低头,发现小臂和小腿上起了很多小红点,膝盖也青一块紫一块。爬山有时候难免磕碰,西安的太阳又晒又毒,瘀青应该是不小心磕碰的,小红点可能是太阳晒的。我没当回事儿,洗把脸就出门觅食!唉,当时怎么那么无知啊。

第二天晚上回到上海,发了低烧,我也没在意,以为是旅途劳累加上刚淋了小雨,以为睡一觉再喝点热水就会好。确实,低烧的症状并不明显,身体也没出现不适。

十多天以后,小红点不消反增,我整个人也一天比一天没精神,睡醒了还想再睡。开始还以为是天气闷热的原因,一个北方娃适应不了南方的湿热。直到我遇见了一只蚊子,后来我曾无数次诚心诚意地感谢过这只蚊子。

我是"行走的蚊香"体质,上大学时,宿舍不点蚊香大家也不慌,有我在,蚊子很少雨露均沾,就偏宠我一个。但那天一早醒来,胳膊肘的蚊子包奇痒无比,抓完后紫了一大片,还有密密麻麻的小红点。我担心这是一只有毒的蚊子,赶紧去药房买了药。

第二个要感谢的就是药房里卖药的姐姐。她看到我身上的被蚊子叮成紫色的包和这一胳膊的小红点,皱着眉问我:"有没有过敏史或糖尿病?"

我被问得一头雾水,连忙回答说:"没有,没有,只是被蚊子叮了一下。"卖药的姐姐没有给我开药,而是让我去医院看皮肤科。

从小到大,我没住过院,也向来不喜欢进医院。不开药就不开药吧,应该也没什么大事儿,正好当天约了学姐一起逛街,不去医院去赴约!

没逛多久我就累了,是想马上躺下睡一觉的那种疲累。正巧学姐一直有客户打电话进来,也没察觉出我的异样。中午我们找了家火锅店,吃饭的时候我连去调蘸碟的几步路都走得勉强,饭后我实在支撑不住了,匆匆道别,打了车直奔上海市第七人民医院。

第一次一个人迈进医院的大门,挂号、缴费、就诊。皮肤科的医生没问我皮肤有什么问题,先给我开了一个血常规。我在上海和舅舅家的姐姐一起住,姐姐照顾我有时比妈妈还细心。虽然我二十几岁,大学毕业了,但真是从小被惯坏了,生活技能简直不及格。姐姐不放心,派在附近上班的姐夫来医院陪我。正常二十分钟出结果的血常规,我们等了近一个小时。

已经是下班时间了,医生亲自到检验窗口问结果,拿着单子快步带我回诊室,我一溜小跑跟在医生屁股后面问:"有什么问题吗?"

"当然有问题了,还有点严重,要不我能和你等到现在吗?我早就该下班了。"

医生一屁股坐回椅子上。有问题?严重?我吓得眼泪瞬间涌出来,第一次感到害怕了。医生叹了口气,用手指敲着报告单:"你看,你这血小板只有18了,你这不是皮肤的问题。这样吧,你们现在赶紧去长海医院,挂血液科,别等了,现在就去吧。"

于是，我和姐夫立刻开车赶到长海医院。在长海医院又是一张血常规化验单，只是这次抽完血后，胳膊上的针眼怎么按也按不住，棉签都浸透了，针眼里还是不断往外冒着血珠。无巧不成书，表妹放暑假来上海玩，反正等结果也需要时间，索性我和姐夫先去接表妹，再回医院取结果。

夜上海灯火辉煌，一个没有常识的文科生不明白血小板低到18意味着什么，车窗开了点缝，晚风吹过脸颊，就像在说"摸摸毛，吓不着"，针眼的血总算不往外冒了，被吓哭的事儿也忘到九霄云外去了。

接到表妹回医院的路上，我正开心地和她聊着天，医院打电话来问我人在哪儿，通知我检查结果出来了，催我去取化验单。我还夸这医院真负责任，特意给我来个电话。当时那个傻孩子还不知道，有时候医生越重视你，就说明你病得不轻啊！

血小板16，白细胞有异常。

"你明天把所有事情都推掉来住院吧，血小板太低了，先输个血小板，然后需要做一个骨穿。"诊室里左右两位医生同时坐诊，都排着长长的队伍，周围满是"阿拉""的呀"的上海话。

那时，我还没意识到病情的严重性，一心只想赶快离开，回家吃饭。

"不住院可以吗？骨穿是什么呀？"我问了两个最白痴的问题，我不知道什么是骨穿，但这是一个听起来就很疼的词。这位医生很淡定，她的表情云淡风轻，于是我有了没什么大事儿的错觉，加上她的回答："你最好是来住院，先输血小板再说吧。唉，血小板明天还不知道有没有，要排队预约的。"正好，我心想：你没有血小板，我没有时间，第二天我还有个团要带呢。跟医生道了谢，我就拿着化验单回家吃饭去了。

之后，我给妈妈打了电话，简单说了情况。我以为最严重不过就是紫癜，发病症状很相似，血小板低，身上有出血点。那时候我还没听过"出血点"这个词，我叫它们"小红点点"，听着还挺可爱，可这"小红点点"是能要了命的。

妈妈听后十分焦急，立即决定第二天就来上海，还说让我请假。我还怪她大惊小怪，上海太热了，我也大半年没回家了，得了，您别折腾了，还是我回去吧。不过，我还是坚持带完了两天的行程，才踏上了回家的路程，那时，我的脚踝已经浮肿得很厉害。嗯,是得回家了。

这一年,我23岁,刚大学毕业一年,考研失败后来到上海,工作不到3个月。彼时,我和每一个刚走出大学校门的年轻人一样,怀揣着对未来的无限期待,同时又怀疑自己,迷茫焦虑着,不知未来在何方。

那时,我还在犹豫到底是去应聘播音员还是做一个潇洒自在的导游,或者继续考研?我还拿不定主意,我记得那时候的我虽然活得有点儿拧巴,却也不敢贸然打破原有的生活秩序,就这样按部就班地过着看似焦躁却又充满希望的生活。

但我怎么也没想到,此时命运给我开了一个天大的玩笑,它蛮横地打断了我的纠结和所有思考,"砰"的一下把我推到了病魔手里。而我原本像设定好的程序一样按部就班的人生,便不得不按下暂停键,转而去迎接命运给我安排的这一场意外。

病魔,它狰狞可怖;而我无处可逃,唯有与之一战。输赢的筹码,是命。

七月不安生

"7"一直是我的幸运数字,但没想到,2018年那个7月,真是不得安生。

现在让我回忆那个7月,就是每一天都打我一个措手不及。就像在和一位无形中的高手对决,对方招式迅疾,且招招致命,你必须咬紧牙关,不得懈怠片刻,全力以赴格挡还招。

7月2日,我一早便赶回哈尔滨。大半年未归家,我正要飞奔过去给爸妈一个大大的拥抱,妈妈看到我的瞬间却先捂着嘴哭了。我还笑她没出息,后来才明白,那眼泪中包含的不只是许久未见的惦念,更多的是看到我平安落地后有惊无险的宽慰，以及冥冥中不自觉的担忧和心疼。那时我的血小板不足 20，在飞机上随时有自发性出血的可能。我无知无畏，但两个多小时的行程 2276 公里的距离，妈妈一直在揪着心为我默默祈祷，我到家了，她一颗悬着的心也终于落地了。

刚下飞机的我，还没来得及感受北方的温度，就直接被爸爸妈妈带到哈尔滨医科大学附属第二医院血液科诊室。如同电视剧里的老套情节，医生看了我的血常规报告，然后在我的肚子上按了一通。"病人先出去吧。"结果也毫不意外，医生判断得很准确，白血病，且是众多分型中较为难治的那一种。

然而，生活的跌宕起伏远比电视剧来得精彩。爸爸妈妈从诊室出来后并没有和我抱头痛哭，反而故作轻松地开玩笑道："那小孩儿要住两天院咯。"我追问医生和他们说了啥，两个人一本正经地解释："没多大事儿，就是免疫力有点儿低，做个检查住两天院调理一下就好了。"

刚回到家的兴奋加上两个人云淡风轻的表情，让我丝毫没有怀疑自己能有什么大问题。于是办理完住院手续，我硬是拽着他俩去吃了一顿麻辣烫。妈妈从不喜欢吃这些东西，爸爸却偶尔可以陪我大吃一顿，可这次他俩都吃得不多，也是后来我才明白，他俩吃的为数不多的几口，每一口都是忍着泪往下吞的啊。

其实，诊室里王主任已经说得很明白了，这个六十多岁的老太太眼到手到，多年的经验已经判断个八九不离十了。试问哪个做父母的听到孩子生病不心痛，更何况是"癌症"。而他俩还要照顾我的心情，小心翼翼，不敢流露一丝的担忧和慌乱，还要提前和同病房的病友们打好招呼，请求人家帮忙瞒着我。将近一个月的时间，他们每天哄着我，逗着我，想尽办法转移我的注意力。那时，我完全相信自己只是免疫系统紊乱，不是什么了不起的大病。所以，我并没有多想，我就这样心无压力，不知不惧地完成了第一期化疗。

化疗这事儿比我想象中简单得多，但十分痛苦。我以为化疗需要用到很多仪器设备，其实就是每天不断输液，利用化学药物阻止癌细胞的增殖、浸润、转移，直至最终杀灭癌细胞。因为使用的是化学药物，所以不可避免地会损伤人体的正常细胞，从而也会使身体出现一些不良的药物反应。化疗的药物反应过程实在难以用言语形容，每个人接受化疗的反应也不同，我的感受就是——生不如死。

最初是像得了重感冒般乏力、头晕、恶心，后来恶心感日益加重，食不下咽，恶心感从头发丝贯穿到脚趾头，时时刻刻都想吐，吐完了舒服一会儿又开始新一轮的恶心。化疗药物还易造成腹胀、便秘，用药期间肚子胀得像一个皮球，好不容易有了点儿食欲还不敢多吃饭，吃多一点儿就会胀气，有压迫呼吸的那种难受，解大便要准备一支甚至两三支开塞露。

便秘除了身体受罪，心理更不好受。化疗时病人的活动范围一般局限在自己的病床周围，每个人都有自己的一个坐便器，如厕就在床边。一个病房四个人，病床之间没有围帘，各家陪护有男有女，加之夏天燥热，门窗大开着通风，走廊里人来人往，难免有人进门打个招呼或不自觉向屋里看一眼。开始大家都很照顾，陪护的男同志都出去、关门。化疗药剂量大时，为了保证足够的小便量，加速血液中的药物经肾脏排出，需要输上利尿的药。药效上来隔几分钟就要解小便，恨不得长在坐便器上。

后来实在不好意思总这样麻烦家属进进出出，就和大家一样拿条床单挡着。我心里别扭，对床阿姨安慰我说："咱都是病人，还讲究那么多干啥。"

病人也是人啊，也需要体面和尊严啊！虽然有时候确实顾不上……

正常生活里，人们都讲究体面，连歌里都唱着"分手应该体面"。但生病不行，你必须放下你的矫情、羞耻心和体面，坦坦荡荡地接受治疗，一心一意与病魔对抗！没见过哪个白血病人每天起床梳洗打扮一番再输液化疗的，谁不是一脸病态，苍白地坚守着被治愈的希望。

从没想过，"吃喝拉撒"如此平常的事，我竟然有一天会做得如此艰难狼狈。想想曾几何时，自己早上醒来因为懒得动而憋着不去上厕所，真是身在福中不知福。在一次艰难如厕时，我悟出了一个道理：做人哪，无非是一身屎意和一身诗意，健康时别辜负屎意，落魄时别浪费诗意。

化疗药物用到后期，白细胞降至低点，常会出现高烧。那年哈尔滨的盛夏格外的热，我捂着被子迷迷糊糊烧了好几天，每天发冷，醒来后又是一层一层的汗，如此反复。

　　几乎每天都有不一样的难受感觉，万般煎熬依次体验，招数真是层出不穷，最后一招是升白针。顾名思义，是一种提升白细胞的药，细细的一个针管，像小时候打预防针一样在胳膊上注射。打一针没什么，痛苦的是长细胞的过程——一种从骨头缝里钻出来的疼。从脖子到腰部，感觉脊椎寸寸断裂，坐卧难安。就像小时候长个子时的生长疼痛放大无数倍，原来，生长难免要伴随着疼痛。

　　好不容易熬了二十几天，我深刻体会了"熬"这个字的含义。古代有一种刑罚叫作"镬刑"，就是把人扔进铁锅里生生熬煮，嗯，不过如此吧。这个7月，我流过的眼泪比前二十几年加起来的还多。狼狈地号啕大哭也好，横冲直撞也好，毕竟没得过大病，没什么经验，但我拼尽全力接住了它的所有招式，好歹也是熬过来了。

　　7月28日，终于这个7月要结束了。第一期化疗最艰难的部分也完成了，头发也掉光了，体重也减了二十斤了，而我终于可以出院了。

乐天，乐天

遭点儿罪不可怕，可怕的是没有盼头；日子苦点儿不可怕，可怕的是不会苦中作乐。

我很感谢爸爸妈妈给予我生命的同时，还附赠了"乐观"这一天性礼物。不得不说，当身处困厄之中，心怀希望乐天达观能给我们带来强大、持续且坚定的力量。

从上海回哈尔滨那天的路上，我在朋友圈写道："我这么可爱，怎么能生病呢？或者，回哈尔滨吃根冰棍儿也不错。"事实证明，生不生病跟你可不可爱这事儿没半点关系，而回到哈尔滨，也不见得就能吃上冰棍儿。可至少，我心态挺好。

刚住院时，没等爸妈安慰我，我先宽慰起他们：

"我还没住过院呢，体验一下也挺好。"

我总觉得长天大地悠悠岁月，一百个人有一百种生活方式，多体验体验不同的生活方式也挺好，酸甜苦辣都尝一尝味蕾才丰富。一生顺遂百岁无忧固然可喜，却也无趣。

都说医院的墙比教堂听到了更多的祈祷。确实，医院里每天上演着一幕幕"人间真实"。你可能以为重症区整日气氛压抑，充满痛苦与泪水，没错，但不止于此，这里还有最动人的笑声和最有感染力的乐观态度。

走廊加床住着一位老爷子，他还有两个兄弟，年龄均过半百。那天兄弟俩来探病，三人相聊甚欢，一时兴起买了酒菜，酣畅宴饮。原本护士交代了盐水冲管五分钟后叫护士拔针，结果哥儿仨聊得太过忘我，想起这事儿时，老爷子的一整袋盐水都输完了……都已是知天命之年，能在病榻之上和几十年的手足兄弟吃吃家常菜，唠唠知心嗑儿，也是感动畅快。

我呢，自认为小病调理几天就好，心里也没多大压力，每天在病房里嘻嘻哈哈。不是一家人，不进一家门，爸妈有时也是"心大"之人，我们仨在一起总能闹出点儿"乐子"。

有天晚饭，病房里闷热，爸爸说："让姑娘自己吃吧，咱俩出去吃点儿。"妈妈一听，抬头就是一个白眼："就对付吃点儿得了呗，怎么还非得出去吃啊。"爸爸的"出去"指的是拿着饭去走廊里吃，而妈妈的"出去"是说下馆子。我哭笑不得，您闺女都这样了，还想着"出去"吃点儿呢？

听说我住院了，爸爸妈妈的朋友前来探望，我让爸妈扶我起来，顺嘴让他们帮我整理下仪容。结果二人瞪我一眼，嗔道："呸呸呸，这孩子瞎说啥呢！"

我一头雾水，随后反应过来："哦，此'仪容'非彼'遗容'啊。"

但嘻嘻哈哈没两天，随着药劲儿上来，我的身体开始出现不适。难受一天胜过一天，我开始发烧、恶心、腹胀……化疗的难受反应一个个接踵而来。有时难受地看着窗子直想跳下去！但紧接着脑子里有个声音劝我说："忍忍吧，这是四楼，摔个半死不活岂不更痛苦？"唉，有道理，求死不能，于是我放弃了跳楼。

　　但浑身上下从头到脚的难受劲儿总需要排解，我形容不出那种化疗时的难受劲儿，每个人的反应都不同，我只想说四个字——生不如死。好在我找到了个有效的缓解办法——哭。哭得身上麻了就没那么难受了。开始我一哭，妈妈也忍不住在一边陪着我哭，当妈的心疼啊！然后我们达成了约定：以后我哭的时候她就去外面转转，让我自己哭一会儿。我解释给她，我不是闹情绪，也不是心里难过，我哭一会儿身上麻了就能舒服点儿。但哭一会儿我也会拍拍自己，吓唬自己差不多得了，再哭血小板要掉了哦。

　　哭哭笑笑没什么好丢人的，有时候别逼着自己那么要强，学会哄哄自己，毕竟有时候生活已经很苦了，要好好爱护自己啊。

　　乐观的人往往心大，但有时还真就难得糊涂。
　　从第一天到医院，先离开诊室后，主任就和爸妈商定了前期的治疗方案，随后交代了一句，孩子性格怎么样？要不先别告诉孩子吧，免得她心里有压力。于是从主任、医生、护士到爸爸妈妈和病友，大家一起陪我演了一个月"你没啥大病"的大戏。我入戏极深，对医生"诊断"我为"免疫系统紊乱"深信不疑，我真听、真看、真感受，扮演着普通病人的角色，每天只想着吃什么以及什么时候出院。

我的主治医师姓宋，我们叫她"小宋大夫"，长得很像演员任素汐，声音也像年纪也相仿，重要的是"演技"也不赖。

第一天做完骨穿，小宋大夫说样本需要送外检，大概一周左右能回来，这就意味着最少一周之内，谁也不能给我一个确切的病情名称。之后每每追问，她都用"运输""检查项目多"等理由一周推十天，十天推半个月，半个月又推几天……直到我的头发掉得已经很厉害了，我开始疑心大家是不是在瞒着我什么，就在这时，送检报告终于"回来"了。我偷偷留了个心眼儿，提出要看看纸质报告，然后偷偷拍照去网上问诊。没想到我这点儿小心思早被看破，小宋大夫找了一份近期的健康的报告单改了名字拿给我，网上问诊的医生回复我四个字：一切正常。

报告单是正常了，可身体反应和那种难受的感觉是骗不了人的。小宋大夫解释说，因为药物正在杀死我体内的坏细胞，好坏两种细胞在我体内猛烈战斗，所以我会感到不舒服。嘻，这次小宋大夫可没骗我，但，原来化疗还能如此解释……现在回想，我那时能想到网上问诊，怎么就没想到查一查自己用的什么药呢？但也幸亏没想到，难得糊涂啊。

我就在小宋大夫日复一日的"快减药了啊""熬过这几天就放你出院了啊"中，一天盼着一天减药出院。熬过一天就离出院近一天，熬过去就好了……

有时候难受得厉害，小宋大夫就和爸爸妈妈一起配合讲"病友"的故事：某患者曾难受到扶着墙，爬着走；某病友受不了直用头撞墙……爸爸更是夸张地说："你想想化疗难受不？你这就打打针，就是从小没吃过苦，一点不得劲儿就娇气，其实没那么难受。"

此时病房里两位打过化疗的阿姨开始帮腔，声情并茂不无夸张地说起当时她们的难受程度，讲完了还不忘说一句，你看，现在这些人不也好好的吗？熬过去就好了。

这些无中生"友"的故事十分奏效,甚至让我略感惭愧。是啊,人家都难受成那样了还坚持着,我都还不至于爬着走或头撞墙呢,不是吗?再看看两位阿姨,自己重病在身还在安慰鼓励着我,我还没化疗呢就这么要死要活的,实在是不该!于是抹抹泪儿,拍拍自己,又盼着快过一天……

说来也讽刺,那时正好《我不是药神》热映,我看了一篇影评,感叹着癌症患者的不易、挣扎与心酸。我还心疼着人家,却不知自己已数次与死神擦身而过。至今我也没敢看那部电影,但我"求医问药"的过程也不输剧情的精彩。

我是个乐天派,可能这一个月不知不惧的"傻乐呵"早逗得老天爷发笑。不过,也可能老天爷是慈爱欣慰地笑着,无形中还摸摸我的头,说了声:"孩子你熬过来了,你真棒。"

这事儿你得认

李诞说:"认命是北方的美学。"我深以为然。我在生死关头走一遭才悟出的道理,他年纪轻轻就总结得如此到位且富有诗意,他可真聪明!

有些事儿你就是得认,人争不过命。但认命不是认了,认了是自暴自弃怨天尤人,消极且不负责任。认命是对结果的坦然,但是对过程的不含糊,尽人事,听天命,不执拗,也无悔。

"你怎么样了?"

7月28日下午,正当我刚睡醒,满心欢喜等着输完最后一袋液办出院回家时,收到了一个老同学的信息。我被这突如其来的问候弄得一头雾水，住院近一个月来，只有少数几个朋友知道我的近况，而且我马上就要出院了，这条消息显得很突兀且有些莫名其妙。

但紧接着我在朋友圈看到了一条筹款链接，点进去后我整个人都愣在那里了，脑袋嗡的一下，整个世界都安静了。原来这种状态描述不是夸张，这是一个人在震惊至极时真实的自然反应。我眼前只能看到几个字，并反复确认了好几次：我的名字，我的照片，还有白血病三个字。

这是谁的恶作剧吗？我一时无法思考，直到视线模糊眼睛发烫，我举起手机问爸妈："这是真的吗？"

爸爸没说话，妈妈却先哭了。我心里一凉，又不敢相信。小宋大夫不是才说我没事了吗？她不是通知我可以出院了吗？医生不是说我只是免疫系统紊乱吗？你们不是告诉我熬过来就好了吗？！我熬过来了！可是，白血病这三个字为什么会和我的名字放在一起呢？！

小宋大夫赶过来时，我抱着最后一丝确认的希望，想听她告诉我，这是假的，这是个考验你的玩笑，你没事，你可以出院了。可她的第一句话却是："谁告诉她的？"

完蛋了，是真的了。

"现在白血病是可以医治的……"接下来的话我什么都听不进去了，原来崩溃是这样的一种感觉。

我不记得哭了多久，也不记得怎么离开的医院。关于那天，我只记得回家路上，车子驶出医院大门，转进宽阔笔直的学府路，夕阳透过行道树的叶隙，穿过车窗洒在脸上，一时晃得我睁不开眼。我闭了会儿眼睛，然后渐渐恢复了知觉，阳光可真暖和啊，目之所及都被夕阳温柔地染上了一层暖金色调：笔直干净的柏油马路、立交桥、红绿灯、专属哈尔滨风格的"丁香绿"的地铁、公交站台，车辆穿梭人来人往……这个世界并没有因为谁生了一场病而停止运转，不是吗？我解释不清那种似乎一下子释然接受的心情，然后我问爸妈："接下来怎么办呢？"

两天后，爸妈带我到医院找医生讨论后续治疗。之后我发了一条朋友圈，有几句话如下：现在的我很淡定，我都接受了。我会听医生的话，哪怕是进移植仓。

知道你们爱我，所以我会加油！这一个月来的经历太过丰富，你们不必羡慕；接下来有场硬仗要打，你们不必担忧。谢谢你们！最后几句话很重要：少挑食，别熬夜，要保重。

很多事情你找不出缘由，也问不到答案。当医生告诉我白血病目前找不出确切病因时，我既绝望又愤怒，凭什么呢？我生了这么大一场病，只想知道这病因何而来都不行吗？！为什么是我呢？但这个问题我没能问出口，因为紧接着脑袋里又冒出另一个问题：为什么不能是我呢？

我们总是这样，当遇上好事时，通常不会问"为什么是我这么幸运"，更不会回顾之前的生活中自己做了多少善事才换来如今的福报。而一旦遭遇厄运，我们总会抱怨"这事儿怎么就让我摊上了"，然后检讨自己是否有过恶行。我们总是相信善恶有报，却忽略了福祸相依，福报有时会自苦难中来。关键是我们如何看待，如何面对苦难，并会从中失去和得到什么。

那几天我读到一条新闻：因栖息环境遭到破坏，饥饿的北极熊在垃圾堆中觅食。照片中北极熊本该雪白的毛皮变得脏兮兮，看起来比化疗后的我还要瘦弱憔悴。北极熊找谁说理去呢？那时候我觉得我和北极熊的命运是联系在一起的，一对"难人难熊"。我真正意识到，没有人可以活成一座孤岛，我们活在世上，必然与他人、动物、植物及天地间所有生灵产生联系，且息息相关。

以前以为地球那么大，多一块垃圾，少一块垃圾，多一滴淡水，少一滴淡水，没什么了不起，其实不然。我从没关心过北极熊的生存状态，那离我的生活太过遥远。可当我得知自己身患癌症，且找不出病因时，再看北极熊的惨状，突然觉得我与北极也不过比邻。那时候我在病床上恶狠狠地对自己说："行，这事儿我认！但关于白血病，关于生态环境，关于北极熊，如果我能活下去，我一定要做点儿什么！"

关于生病这件事，我只有认命，不再去追问病因，不再想为什么是我。既然没有答案，何必苦苦纠结呢？是我的福，我享；是我的劫，我闯。那生病了就治呗，人吃五谷杂粮哪有不生病的，只不过我这病大了点儿，可我也不是好惹的啊，白血病是吧，来较量较量啊！虽然我不知道结局究竟孰胜孰败，但我必定全力以赴，至于结果，胜败乃兵家常事，好坏我都接受。

好运歹运都是命运，不与命运争论不休。别执着于为什么，别因纠结于结果而忘了你所能把控的过程。活在此时，忠于此身，我尽了力了，结果好与坏我都认，这是命。最可怕的不是坏结果，是留遗憾。

7月给我开了最后一个玩笑：我知道了实情，是的，很不幸我得了急性淋巴细胞白血病T型，并且需要做骨髓移植。一点儿都不好笑，对不对？可我必须接受现实，并且拼尽全力去面对！

兄弟，dei一切都会好起来

36日孤独

孤独分很多种，
有思妇形影相吊的孤寂，
有游子漂泊羁旅的无依……
而移植仓里的孤独犹如荒岭之中千里走单骑，
单枪匹马，还须过关斩将、拼尽全力。

　　2018年10月19日至11月24日，我在移植仓里接受骨髓移植治疗，独自一个人在里面生活了整整36天。这是我第一次进行移植治疗。

　　移植仓实际上就是一个封闭的无菌室，四五平方米的大小，一张单人病床、一张活动桌、一个床头柜、一个置物架、一个坐便器、一台电视机、一个玻璃窗分隔开仓内与护士操作室，窗上有孔用来通过输液管。除此之外，就是一个等待"处理"的我。

骨髓移植并非一般意义上的外科手术，它是一个过程。进移植仓里要先进行十天左右的"预处理"，预处理也就是用大剂量的化疗药"清髓"，预处理方案不同，时间也不一样。然后回输健康的干细胞，有的也会回输骨髓血或脐带血。回输完如无意外，细胞长起来就可以出仓了。

刚一入仓，我竟有种莫名的激动与兴奋，那种心潮澎湃就像将军即赴战场，紧张又慷慨豪迈。此役凶猛，我亦不怂！

前几天遇上的症状都是些"散兵游勇"，我尚能应付自如。没事儿靠在床头，跷着二郎腿，听着音乐摇头晃脑。躺累了就下床走走，活动范围取决于输液管的长度。整天收看央视音乐频道，碰见熟悉的歌曲就跟着唱几句，在仓里开"个人演唱会"，每天必备的两首曲目是《涛声依旧》和《明天会更好》。唱完歌再窝回床上，在手机上打打麻将，一万人的比赛我赢了第一名，赢得的卡券在出院后兑换了一口平底锅。当时觉得骨髓移植也不过如此，甚至想这样的小日子还挺滋润。

感受到孤独是在预处理的第四五天，千里单骑已至敌腹，敌人开始猛攻，我有些招架不住。人总是在脆弱受伤的时候对孤独的感受才愈加明晰。

清髓药一用上，情绪开始变得烦躁，静不下心，甚至看不完一整集电视剧，心里的烦躁无处释放，从头到脚、由内及外的难受使得我连发泄的力气都没有。

于是，此时我的战术转变为多睡觉，不断给自己催眠：睡吧，睡吧，睡着了就不难受了。可那天晚上，我一闭眼就感觉眼皮乱跳，眼前五颜六色，眼花缭乱。我努力控制，想转移注意力，可是不行。不一会儿，开始出现幻觉，只觉得头在不断膨胀变大，五官却被不断挤压，呼吸开始困难，好像灵魂开始飞出体外。那是我第一次感受到死亡如此接近。

但我不服，遇强则强，就非要留口气在，我一定不能认输投降。还没见到爸爸妈妈，如果我独自在这个小房间里离开，被推着出去交给他们，他们该有多痛心啊！我们说好的，等我好好出去，他们会在门口拿着一瓶可乐迎接我凯旋！说话，要算数的。

那些天我习惯佝偻着身子,双腿蜷起,整个身子伏在床边,头埋在掌心里。这个姿势能舒服一点儿,也方便一次次呕吐。

由于药物剂量大,我食不下咽,又喝不下水,出仓前引起了膀胱炎。小便疼痛不说,还总有尿意。尤其是晚上不再输液后,症状愈加明显。实在没了办法,我只能坐在坐便器上,脑袋枕着床边,有时迷迷糊糊能这样睡一会儿。或者蹲坐在床头,一分一秒地数着时间,盼着天亮。我多想爸爸妈妈能在身边抱抱我,可小小的空间里只有自己环起手臂拍拍自己,说,就快好了,再坚持一下哦!

从10月中到11月末,从秋叶落到雪花飘,我却没办法起身去窗前看看白雪。听着《雪落下的声音》,常常手机就放在枕边,可我连拿起的力气都没有。

闭着眼睛睡不着,思绪开始像冒了芽的小苗,一点点抽长,渐渐蓬勃。我想起了小学时候,有次放学回家,那一年冬天特别冷,到家后我哇哇大哭,如死里逃生一般,那个委屈呀,终于到家了呀。妈妈看我又心疼又好笑,给我擦擦眼泪,然后故作惊讶地说，哎呀，我姑娘耳朵咋没了呢？是不是冻掉了呀？

吓得我也顾不上哭了，伸手去摸耳朵，这不在这儿吗？然后看着妈妈大笑，那个小小的我也破涕为笑，笑出了一串鼻涕泡泡。

我还想起了高一住校时的那个初冬。东北的冬天天亮得晚，夜来得早。住校生以班级为单位统一时间排队去食堂吃早饭，排队的时候天才蒙蒙亮，出了宿舍大门立即被冷风包围，喘气都冒着白烟。我宁愿不吃早餐，也想多赖在被窝里几分钟。可那天我一出门，空荡荡的宿舍门前站着一个穿得严严实实的老头儿，走近一看，正是我的班主任。比我父母年纪还长一些的老师冻得鼻头发红，我还在想找什么理由，老师叫我一起走进食堂，说了一句日后常响在耳畔的一句话——孩子，记住，人呐，没有吃不了的苦，只有享不了的福。

我又想起了备战高考的最后那几个月。面对一天天快速翻过的倒计时牌，五点起床，凌晨入睡，跑着去吃饭仍担心时间不够。担心成绩上不去，害怕拼尽全力依然达不到自己的目标。班主任（这位班主任是文理分班后的杨老师，我们习惯叫他"师父"。我生病后,他告诉我:徒弟,坚持住!)教给我们"埋头拉车"的学习方法——不要总抬头看目标,静下心来把自己眼前的"地"认真"犁好",当你再次抬头,时间和成绩自会给你答案。

……

就是这些片段,这些话语,支撑着我挺过一波又一波艰难的时刻,熬过了一个又一个漫长的夜。

那年哈尔滨的雪,我终究还是错过了,只能透过小窗看到外面的天色白茫茫。护士姐姐进来说,外面下雪了。隔着那片白茫茫,我看到对面楼里的盏盏灯光,每一盏灯光背后都有不同的病人,正在忍受着不同的病痛。这些人遭受的苦难不尽相同,但我们都在坚持着。护士姐姐暖心地对我说,这栋楼里的每一个人都在遭受着不同的痛苦,但是你要相信,其实你比自己想象中更强大。

其实,这 36 日孤独在某种程度上来说,也并不"孤独"。那些回忆,回忆里的人和事物会在我每一个艰难时刻跑出来,以它们当时的姿态告诉艰难时刻的我:"你要加油啊!你要坚持住啊！我们都在！"包括窗子对面盏盏灯光背后我不曾见过的病友们，他们什么都没有做，可我分明透过那盏盏灯光获得了安慰与力量……

所有这些仿佛凝聚成一股力量，注入我的剑鞘，拭出剑的锋芒。我又可以勇敢地爬起来，抹去嘴边鲜血，挥剑迎敌。我一人，亦是千军万马。

相信吧，好好去生活，去爱，去领悟，那些美好灿烂的日子，那些埋藏在心里的温暖记忆，终会在某一天，在你感到孤独无助时，跑出来帮你一把。

你有没有为谁拼过命

有爸爸在,人生便没有绝路,我永远有希望。

小时候写作文《我的家人》,我总会写我的妈妈,因为我和爸爸的相处时间远没有和妈妈在一起的多,印象中几乎没有和爸爸谈心的时候。

他不善表达,但我记得,是爸爸带我第一次骑摩托车。那个时候小小的我坐在摩托车上,两只小手努力向前抓着车把,爸爸在身后环抱住我,有时他故意将车头一扭,佯装要摔倒,我非但不怕,还咯咯直笑。

我记得第一次对昆虫有概念,是爸爸和我

拿着在家里搭好的一对积木笼子去山上捉蚂蚱，我认识了小草、野花和蹦蹦跳跳的蚂蚱。

我记得第一次学会吃药，是爸爸教我把药片放进嘴里，然后喝一大口水，仰脖"咕噜"一口咽下去。记得有一天爸爸送了我一本《西游记》，后来无论是故事书、动画片还是电视剧，我有了一个偶像叫孙悟空。还一度因为我的姓氏"亓"不同于齐天大圣的"齐"而跳脚，张罗着要改姓。

我记得第一天上小学，爸爸牵着我的手迈入校门，可是我们迟到了，大家都已经分完班级。正巧碰见了熟悉的老师，于是稀里糊涂地去了这位老师所教的班级，她是我求学生涯中最爱的老师之一。

虽然爸爸不爱表达，但他陪伴了我太多的第一次。在摩托车上落在风里的咯咯笑声，是爸爸的调皮，但他绝不会让我摔倒，他一直小心地保护着我；青绿色活泼的蚂蚱，是他带我认识了丰富多彩的大自然……我会自己吃药了，和孙悟空一样勇敢，现在我真骄傲没有和齐天大圣一个姓，而是姓爸爸的"亓"。生活难免有些小乌龙，迟到没什么可怕，还可能误打误

撞遇到更好的安排。

后来，小丫头慢慢长大了，记不清那么多的第一次了。当她长成大姑娘，可以一个人去外地求学，独自离乡工作，她有了独立生活的本领，也渐渐忽略了那个曾在摩托车座后面小心保护着自己的爸爸。直到病魔突然来袭，才发现爸爸保护自己的姿势二十几年来，始终没有变。但是小丫头已经23岁了，爸爸也48岁了。

他年轻时一头茂密时髦的及肩发，变成了如今稍显稀疏的短发，隐约还能见到几根白发。但我觉得他的力气仍是无比大，或背或抱，他动作迅速，可以背着我"蹭蹭蹭"上下八楼，就像当年轻松举起那个两三岁的小娃娃。只是，现在的我不能再骑到他的脖子上面耀武扬威，把我放下后，还能看到他有些气喘，有时也会汗如雨下。

他是我的爸爸，他还是不擅表达。他总跟我说："啥事儿没有，大宝儿别怕！"他说："爹在呢，天不会塌！"他说："放心吧，老爸运动员出身，身体素质杠杠的，肯定能救你！"

东北有句老话："连骨头油都给你了。"爸爸说："别说骨头油了，要我脑袋我也拧下来给你！"这次，真的是要了爸爸的骨头油了。

那天发小到医院看望我，聊了他读研和工作的事，听着听着不知为什么，我望着窗外突然就感觉很迷茫，手里的香蕉也没了滋味。我和他说不知道未来要做什么，我没有目标，也没什么梦想，活下去也不知道人生的意义在哪儿。只是，我刚23岁，还没活够两轮呢，我不太甘心。

发小也不知该怎么安慰我，就帮我剥香蕉，安慰我说，那也得活着啊。从小一起长大，我完全能听出他说这句话的无力感，我的这些问题他回答不了，也不知道我到底能不能好。

这时妈妈闻声进来，说："放心吧，咱们做骨髓移植就能好，你爸和你配上型了。"

我愣了一会儿，那时我们对白血病，对骨髓移植的概念还很模糊，但是我听到这四个字就会心生畏惧，尤其是需要供者捐献骨髓血，以前只听过刮骨取髓，听起来就极其残忍。

妈妈说，检查结果一出来，王主任就找到他们谈话，说我这个型号的白血病需要进行骨髓移植，没有更好的方法，仅靠化疗治愈的可能性微乎其微。骨髓移植需要和患者进行配型，一般父母子女之间配型的成功率还是蛮大的，如果配型成功，身体各项指标没问题，就可以成为供者，为患者捐献骨髓血，进行骨髓移植。

妈妈说她还没反应过来，爸爸就急忙上前请求医生和我配型。当时他们第一次听到骨髓移植这个词，根本不了解其中含义，不知道捐献过程，也不问对自身有无伤害。爸爸只知道医生说这样做可以救他的女儿，于是便条件反射般冲上前，无论要什么，只要他有，只要他女儿需要。

我想起来，有天下午，爸爸有段时间没在，回来时捂着胳膊。问他，他就说这两天头疼，去采个血常规检查检查。其实那天他就是去抽取血样和我做配型，采血针很粗，针眼还不小心滚了包。

我好像突然惊醒过来，想抽自己两个嘴巴。爸爸妈妈为了我能活着连自己的命都舍得出去，他们本不必承受这些疼痛、担心和压力的。可他们唯一的孩子生了病，他们可以献出所有，只要我能活下去。可我呢，我还在思考为什么活下去，找寻活下去的动力。真是枉为人子，枉为人。

爸爸进来了，我不知道说什么，路过我时，我拉住了他的手，眼眶一下就热了，从嗓子眼里挤出两个字："疼吗？"然后低下头，眼泪噼里啪啦往下掉。爸爸愣了一下，随即明白了一切，一如往常毫不在乎地一笑："哎呀，我以为啥事儿呢。不疼啊！放心吧大宝儿，老爸肯定能救你。"

我毫不怀疑他一定会救我，但我心疼啊，他本不必承受这些疼痛的啊。

我的移植方案是回输干细胞加骨髓血，采集干细胞需要供者平躺六小时左右，在双手臂弯处埋针，一边采血然后经机器分离出干细胞，剩下的血液从另一边回输体内。采集前三天要每日注射动员剂，也就是升白针，那是一种骨头缝里钻出来的疼，我曾经痛得直不起身、坐立难安，疼得沁出眼泪。

采集骨髓血则如同做骨穿，但采集量比平常骨穿多许多倍。回输那天，是一边采集爸爸的骨髓血，一边往移植仓里送，我不知道 800 ml 到底有多少分量，我只知道护士姐姐把一个个殷红的血袋挂在那扇分隔仓里与操作台的玻璃窗上。血袋不大，输得很快，一袋又一袋……护士姐姐给我注射了镇静剂，我不知道自己睡了多长时间，我只记得回输时还是白天，我醒来时窗外天色已沉，而玻璃窗上还挂着一排红色的血袋。

平时做骨穿，快则几分钟，慢则十几分钟，每次都咬着手指数着数，几分钟都数好久。可爸爸是两边同时下针采骨髓血，他没和我说过有多疼，但是要数多少个数才能从下午数到夜幕……

我不记得那天有没有做梦，但我脑海里总有这样一幅画面：茫茫戈壁，危机四伏，我和爸爸穿着妈妈亲手缝好的盔甲，背靠背提剑迎敌。

我的爸爸依旧不擅表达，他只会夸张地说他的细胞有多强大，一定能帮我打败坏细胞；他只会用力握握我的手，故作神秘地说把他"毕生功力"传授于我；他只会在我哭唧唧的时候假装笑话我一番，然后坚定无比地说，没事儿！

小时候，他喜欢把我举高高，骑在他的脖子上，让我伸手够一够蓝天；长大了，他连"骨头油"都抽出来给我，逆天改命也好，换血大法也好，他让我看到了又一个明天。他从不多言，但我知道他爱我，有多爱呢？他疼痛过我的疼痛，他保护我的姿势从我出生那天，就从未变过。

那天我发了一条朋友圈：

这是我和爸爸一起做的很酷的事了吧！

嘿，兄弟（爸爸），你有没有为谁拼过命！

我是主角，我不能死

我们都崇拜英雄，古语有云："乱世出英雄""时势造英雄"。当你"有机会"身陷困境面临挑战时，你愿不愿意借这个机会做一次自己的英雄？哪怕是自导自演的一个英雄角色？

从进仓时，我便告诉自己："你是英雄，只能凯旋！"

移植仓里的战斗太难打了，有时强硬对抗不是办法，可翻遍《孙子兵法》也没能找出应敌之计。于是我抹抹眼泪，脑海里响起了一句老话："苦不苦，想想长征两万五。"心里似乎有种力量激荡起来。有了！打不过敌人不是嘛，那我就演它！我给自己应对治疗之苦的这个办法取了个名字：演计。

红军精神

是啊，苦不苦，想想长征两万五。我生病了还有医生救治，每日三餐有人送，每周床单被套有人换，我不至于吃树皮喝雪水。虽然过程辛苦也可比翻雪山过草地，但我到底条件好些，那么志气呢？精神呢？毅力呢？韧劲呢？佩戴了六年的红领巾，怎么会一点儿都不传承烈士们的顽强精神呢？我回忆着红四军飞夺泸定桥的故事：没有路，那就蹚出路来！一人一块木板硬是拼出了一道桥面，就着震耳欲聋的涛声，冒着敌人的炮火，硬是使天险化为通途，夺下了泸定桥。

我回忆着小时候爷爷给我讲过的红军翻雪山、过草地的故事。爷爷说那时候苦啊，零下二三十摄氏度没有足够的棉衣，饿了没有足够的粮食，有的人就啃树皮、吃皮带，渴了就喝雪水。那时候多难哪！那些人多勇敢、多坚强啊！

假如，我生在那个战争年代……

我把自己想象成身负重伤的战士，在这个秘密基地养伤。每天最期待的就是护士姐姐拿来口护包以及更换洗漱用品。打包的消毒布颜色发黄且皱皱的，还真就像影视剧里的道具。每次护士姐姐来都会简单跟我聊两句，鼓励我，仿佛我真的身兼重任，一定要活着把情报传出去，一定要亲眼看到这场战争的胜利。吃点苦不算啥，受点折磨不算啥，但我是主角，作为一名战士，头可断血可流，就是不能认怂！什么霸道的药物尽管使上吧，牙关咬碎了我也扛到底！

成为大侠

我从小爱看武侠剧，尤爱金庸先生的《倚天屠龙记》。我曾以为我像赵敏，不承想活成了张无忌。

张无忌一生的选择、遭遇和成就似乎都是命运推着他向前。然而每一次人到绝处，他不仅逢生，更练就出绝世武功。与金庸先生笔下其他侠士不同，我独爱张无忌骨子里的仁和他的赤子之心。

我把自己想象成张无忌,我在的移植仓就如他掉落的"悬崖"。他救下了白猿,练就了"九阳神功",不知道我会在此处发生什么奇遇。但我相信,再坚持一下,等到出去的那一天,我一定会变得更加强大!

我不懂得念什么经文,也不会唱什么安神曲,实在难受了就默念"九阳神功"的口诀:他强由他强,清风拂山冈;他横由他横,明月照大江。仿佛我真的成了张无忌,在绝境中看到希望,拥有了一股力量。他自狠来他自恶,我自一口真气足。

我在仓里又看了一遍苏有朋版的《倚天屠龙记》,看到谢逊被囚于少林寺井底,念诵《金刚经》一幕时,有几句台词,我不太理解,但印象深刻:"无我相,无人相,无众生相,无寿者相。"我不太能解其中意味,但我想应该是不要把自我看得太重吧,于是我想着抱走灵魂,就当这身体不是我的,那就感受不到病痛了。我不断催眠自己,身体的疼痛、难受、折磨没什么的,它不会是持久的,熬过这段时间,出仓了就好了!最起码那时候可以拉拉爸爸的手,靠在妈妈的怀里,就不用自己这么艰难了。于是，我好像心情上放松释然了许多，身体病了受点罪，忍一忍会好的。

何况，你见过哪个主角练功未半便中道崩殂？大侠都是要受一番苦难而后干一番大事业的！我不知道我会不会干出一番大事业，但现在我是主角，我不能死！

这是我对抗病痛的方法，取名为——演计。你不妨也试试，生活不易，修炼演技。要领就是真听、真看、真感觉，陪自己演一出大戏，哄自己开心。给自己赋予价值也好，添加主角光环也罢，总之，你别放弃，你要坚持，别让困难打倒你！我呢，由于入戏太深，这以后总觉得人活着，江湖气一点儿挺好。

戏里戏外，真真假假，你最终战胜了苦难，你已然是一名真正的英雄！我呢，就奋身做个英雄美少女吧！

沙漠骆驼

　　沙漠，我所好也；骆驼，亦我所好也。二者不可得兼，那……可真是再好不过了！

　　就像小时候不小心在菜里吃到一块姜，从此吃饭时便小心翼翼地前挑后选，再不想触碰那个味道。那年秋天最火爆的一曲《沙漠骆驼》，我在出仓后每每听到都心有余悸……

　　在我"独守空仓"六天后，隔壁仓住进来一位叔叔，进仓前我在牙科诊室的走廊和他有过一面之缘。这位叔叔四十多岁的年纪，不是很爱说话，没想到我们前后脚进仓，成了一对"移植邻居"。

医大二院有两间移植仓，只一墙之隔，也算不上是墙，就是一块薄薄的建筑板。虽然分割成两个房间，但不隔音，大点儿声音说话在另一个仓里听得一清二楚，两个人聊天也不成问题。

护士姐姐说，以前有一个五十多岁的阿姨和一个三十出头的大哥"做邻居"。阿姨心态不是很好，预处理时，每天以泪洗面，时常夜里放声大哭，护士姐姐多次劝解无效，无奈之下只得找隔壁大哥帮忙开导阿姨。只有经历过同样的苦难才有资格说感同身受，而同病相怜本身也是一种安慰。于是，大哥时常陪阿姨聊天，劝阿姨调整好心态。最艰难的日子里，这对"邻居"就一个痛哭，一个劝慰，一起聊天，相互扶持着熬了过来。

我是个不太愿意麻烦别人的人，难受的时候又习惯独自一个人挺着，用自己的那一套办法安慰自己。之前两期化疗积累的经验在仓里也能派上用场，所以我很少呼叫护士姐姐。叔叔进仓后，我也不知和他聊些什么，最难受的几天连说话的力气也没有。而叔叔也不是话多的人，于是我们这对"邻居"互不干扰，各自承受各自的痛苦。

  每个人的预处理方案和用药情况都不一样，药劲儿上来后，叔叔的反应是失眠，整夜睡不着觉。我的睡眠还可以，无论白天夜里，我都给自己"催眠"让自己多睡觉，因为睡着了就没那么难受了。叔叔失眠时的排遣方式是刷小视频、玩手机，我猜他半夜两三点钟是最难熬的时候，因为那几天夜里我总被同一段旋律吵醒：

  我跨上沙漠之舟

  背上烟斗和沙漏

  手里还握着一壶烈酒

  漫长古道悠悠

  说不尽喜怒哀愁……

醒来看一眼手机，显示时间为凌晨三点钟。

  同为病中人，我没有能力帮助他，但我理解叔叔的治疗之苦。于是接连几天，我夜里都听着那个秋天最火的《沙漠骆驼》的旋律醒了又睡。直到医生给叔叔开了助眠药物，夜里《沙漠骆驼》的旋律才终于停止。然而，就像在仓里喝了太多小米粥，看到小米粥就呕吐，之后一年多的时间里，我都喝不了小米粥一样，我也听不了这首歌，每每听到就赶快切歌或捂住耳朵。原来味觉和听觉都是有记忆的，也很有自己的脾气，让它们痛苦过的味道或声音要花很长时间去屏蔽和治愈。

我比叔叔早进仓一周，回输自然也早一周左右的时间。回输完后每天最重要的事，就是等妈妈发给我当天的血常规报告，希望细胞快点儿长。只有白细胞达到标准才可以出仓。我就每天盼啊盼啊，盼着后背疼，对，就是从骨头缝里钻出来的那种疼，因为那个疼痛感表示细胞在生长。根据我过往的经验，痛感越强烈，就说明细胞长得越快，那是真正的"痛，并快乐着"。

可过了好多天，我也没感受到期盼已久的痛感，白细胞总不见长。突然有一天，我听到隔壁传来一声兴奋地呐喊："哇！0.8了！今天怎么长这么快！"

毫无疑问，叔叔指的是白细胞长到了0.8，我低头看了看自己的报告，白细胞：0.3。一瞬间忽然就绷不住了，我"哇"的一声哭了出来，心里的委屈就像上学时拼尽了全力学习，结果考了倒数第一。原来不止成绩单可以比较，对比化验单结果不好的那种失落和委屈，要比上学时成绩不好强烈千万倍。

很多时候我们会不由自主地去和旁人比较，从小到大比成绩、比工作、比业绩、比容貌身材……就连生病也会和病友比谁恢复得快，想想不禁觉得愚蠢又好笑。大多时候，比较除了带给我们进步和变好的动力，更多的还是烦躁与焦虑。放过自己，与自己和解吧！生活中没那么多比较标准，生活之所以值得热爱，就是因为每个人都拥有自己的时间线，拥有自己独特的思想和爱好，每个人都有权力用自己喜欢的方式去生活，每个人都可以欣赏自己，每个人都独一无二。

后来我的细胞长到了可以出仓的标准，我比叔叔提前三四天出了仓。出仓后我们各自住进了单独病房继续治疗，也没再和叔叔碰过面，但毕竟是一起"脱胎换骨"的邻居，希望我们都能好起来！

"做邻居"这件事很奇妙。听到隔壁呕吐的声音、难受的呻吟，会想到有人和自己遭受着同样的痛苦，也算一种安慰，也会心疼，会默默为对方加油；听到隔壁能吃能喝、指标变好，心里其实也会有点不是滋味，会委屈地想我也遭了同样的罪，怎么我就恢复不好？但也会替他高兴，告诉自己也要坚持！

现在，我还是听不了《沙漠骆驼》这首歌，也没有叔叔近期的消息。但我常在心里为他也为自己祝福，希望每一对"邻居"都能一起战胜病魔，好好康复。每一个康复的"小白"（白血病患者）就像一盏灯，在病魔覆下的黑暗中增添一点亮光，当一盏一盏灯越来越多地亮起，汇聚成一片光明，就会有更多的"小白"被点亮求生的希望。

只要多一个"小白"不轻易放弃，这个世界就又多了一个不平凡的、勇敢的故事可以说。

今晚月光那么美

"我说今晚月光那么美,你说是的。"

——好妹妹乐队

2019 年 1 月 21 日,我出院了。

心情说不上轻松,也不平静,情绪很复杂。像是做了一个长长的梦,梦里多是疼痛和眼泪,坚持得心力交瘁,虽然这一仗打赢了,但伤敌一千自损八百。梦醒后,疲惫感还未完全褪去,睁眼仍是人间,熟悉又陌生。

爸爸妈妈退掉了在医院附近租住的房子,我躺在病床上看着妈妈收拾行李,爸爸一趟又一趟往楼下搬东西。下午五点多,深冬的哈尔滨,夜幕已经降下。后备厢装了满满的这半年多来在医院的"家当"。出了门诊楼,还没来得及看一看许久未见的窗外的世界,爸爸就把我背上车,但我仍然感受到了北方冬天专有的干冷的空气。我坐在后座,爸妈在前面,熟悉的位置,却感觉有些不真实。

"你瞅你这破狗!"

车子刚开出去没多远,就听到旁边一个男子破口大骂,对面是一个骑着电动车的大爷,牵着一条小黄狗。

"你说谁破狗呢!"

大爷也不甘示弱,旁边没有一个围观者,两人仍是吵得起劲儿。后面的对话就没听到了,大致应该就是大爷的狗不小心碰到了那个男子,两人言语不合发生了冲突。想想也觉得好笑,忍不住和爸爸妈妈模仿起两人的争吵:"你瞅你那破狗!"

然后三个人哈哈大笑。

我好像回过神来,这就是平常人间。两个大男人为了一条狗起争执,听起来多么小心眼啊。可在这医院里,两个大男人还能为一条狗起争执,想想多么幸福啊。

看来是家里没什么太要紧的事,也难得有心情,有精力在没有"观众"的情况下,还能为一条狗争得面红耳赤。倘若换成我这样的重病患者或家属,别说一条狗了,就是一头猪、一头牛、一头大象也没法让我们分出神来计较一番。

　　车子驶出医院,驶过街道,过了收费站,驶入高速,周围又安静下来,只有车子行驶的声音。高速上几乎没有其他车辆,偶尔对面有车驶过,车灯照进窗内。妈妈让我躺下休息睡一觉,我一回头忽然撞见一轮明月,又大又亮!不是皎白的清晖,而是黄色的月光,少了几分仙气,却多了人间烟火味。我想起白天刚看过的新闻,今晚有2019年第一个超级月亮。

　　月亮随着车子的行驶缓缓移动,车子转了个弯后,月亮便跑到另一侧继续陪伴着我们回家的旅程。月光下公路两边小山包影影绰绰。我播放了一首李健的《水流众生》,这首歌陪伴了我许多的艰难时刻。如今再听,我觉得自己很伟大,撑过了那么多苦难的日子,我毫不谦虚地叫自己"英雄美少女",当时的心情就是——想跪下给自己磕一个。琪琪,你真的很了不起!

李健的声音温暖细腻：

有没有那样的山，能阻挡命运的乌云，

保佑从来不平坦的路程；

有没有这样的水，能洗去所有的沉迷，

让众生轻盈；

可是我能如何，

总是越要越多，最后要解脱……

好像人在经历过大的人生起伏后往往会有所感悟，尤其在这样的路上，这样的夜里。我把当时的感悟发在了朋友圈里，在此篇文末附上吧。

五个小时左右的车程，出了收费站，驶向小镇，驶过一边挂着红彤彤中国结的空无一人的街道，然后驶入小区。下车后我习惯性地抬头望望。我最喜欢站在平台上仰望满天星斗，北斗七星就在四周楼房围起来的最中间，勺柄的那颗总是亮晶晶闪啊闪的。今夜星光依旧璀璨，月朗星繁。

爸爸背着我上楼，离家越近心里越有种异样的感觉。不知道这感觉是不是叫"近乡情更怯"？打开门，点开灯，一年多未归家，还是熟悉的门廊，熟悉的味道。到了客厅，茶几稍显凌乱，上面还有一盒过了期的泡面，垃圾桶也没清理，里面还盛着垃圾。主人离家时应该很匆忙很着急吧，都没来得及整理一下。

半年前，2018 年 7 月 1 日，妈妈在哈尔滨给爸爸打电话说了我的情况，想来爸爸应是放下电话便急着去和妈妈会合，等着第二天接我回来。

客厅有一面大镜子，我走到镜子前，望着自己——有些憔悴的小光头。好久没照过镜子了，镜子里的人竟有些陌生。我冲镜子里的自己笑了一下，笑容并不算好看，我忽然想和镜子里的人说声抱歉，对不起，我没有别来无恙，没有把你照顾好……

离家时那个我还能活蹦乱跳，出门前照着镜子搭配今天穿什么，花时间梳妆打扮，化上满意的妆容。不问明天几何，不愁去日苦多。而今这个站在镜子前的我……

离开镜子，回到自己的卧室，还是那张软软的床，什么都没改变。枕在枕头上，想起小时候无数个靠在床头看故事书的夜晚。小时候的琪琪酷爱读书,薄薄的绘本故事一会儿就能读完,成套的厚厚的童话也看了不少,那时候的她最喜欢的就是睡前读书的时光,读累了就枕着书做一个童话般的美梦。我真的好喜欢那个时候的自己,但那好像又不是我自己,就像一个与我同名同姓有些渊源的小姑娘,是我,又不是我。

五个小时左右的车程确实有些疲累,简单洗漱完,躺到床上,好像那个小姑娘抱着童话书走过来,说:"没事的,琪琪,无论你变成什么样子,我都爱你。"

一夜好眠。

我在路上发的朋友圈内容如下:

2018年在年中利落地一分为二。

没啃完的波罗蜜,刚翻了几页的新书和好友未兑现的约定……统统戛然而止。

其实,我最想念的还是捧着两杯奶茶去陪姐姐上班,然后回家撮顿烧烤,还有甜甜的玉米烙。

7月2日，很感谢爸爸妈妈从诊室出来没有抱着我痛哭，还能笑着欢迎我回家，然后硬是被我拉着去吃了顿麻辣烫，之后……这个7月真的是"不得安生"。

其实，再难也一步步走到了现在。那时候还和好朋友说："我还没活够两轮呢，我不甘心。"明天开始就是本命小猪猪，明天一直都在。金马玉堂，瓦灶绳床，未知和希望，哈尔滨、沪上……都好都好。

其实，我还想啃着波罗蜜穿过扬州的大街小巷，晚上去嗅一嗅瘦西湖的琼花香，把乱扔在床上的书读完，再和妈妈分享分享。

当然，很想和你们重逢——我的朋友们。再见面要用力拥抱，拍拍彼此，说一声"没事了，没事了"，你不用问候我别来无恙，我希望我们来日方长。

2018.12.31

另：出院啦！

感谢我的爸爸妈妈、我的医生、亲人朋友、老师同学、南方的同事和小伙伴们,还有龙广946的哥哥姐姐们。

祝愿新的一年:

我们的心愿都能水到渠成

所有的担忧都是虚惊一场

此役未完,一边接着打怪,一边努力有趣且甜。

好久没出门了,今天的超级月亮真是超级大呀!

2019.01.21

辑二

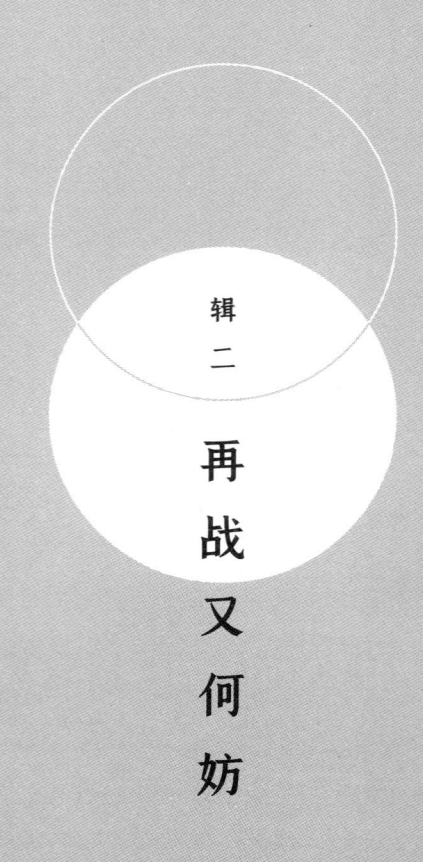

再战又何妨

有的人闲逛，有的人慌张，
有的人与生活死磕，征战八方，
打了一仗，又一仗。

· · ·

一半世界

我喜欢看山、看水、看戏、看人……路过那么多风景,每一瞬间我都不想错过。看在眼里,印在心里。

出院回家后,我谨遵医嘱,按时服药,身体也一天天好转。过年的时候,好朋友们来看望我,我甚至还能和她们一起打打麻将,聊聊当下的热播剧。

我慢慢地可以在客厅散步,上下楼梯,但不能走路过多,不然会头晕、恶心、喘不上气,需要立即有个支撑坐下或躺下喘几口气,休息几分钟才能好起来,严重的时候也会呕吐。

兄弟(dei)，一切都会好起来

我知道恢复体能这件事不可以急于求成，可北方的春天太有生命力，冬雪消融、嫩草破土、燕雀叽喳……好像春天在催着你长大出发。让人很难安分地憋在屋子里毫无想法。

于是，在2019年的春天，那个温柔的四月，我和好朋友舒服一起申请了一个抖音号——琪琪弗。发布第二条视频，播放量就破了千万！我觉得一切都在往好的方向慢慢发展。

然而，五月可没四月那么温柔。2019年的五月似乎格外的热，太阳迫不及待地释放着耀眼的光和热。五月中旬的一天，爸爸妈妈带我去超市买我喜欢吃的五花肉，在超市逛了十几分钟也没觉得累。不过，还是不敢在人流量大的密闭空间久留，于是买完了需要的东西就结账下楼。

一出商场，正值午后太阳高照，都说"四五月，乱穿衣"，我穿了个毛衣外套，来往行人大多都穿单衣，还有穿短袖的。我有点热，戴着口罩，感觉有点发闷。绿灯亮了，也没来得及多想，赶紧牵着爸妈过马路，那是一条双向三车道的宽阔马路。走到马路中央，突然一阵眩晕，眼前开始冒金星，还伴有一阵恶心感，眼前的一切就像过电影一样不真实、模糊、放慢，呼吸也变得困难，好像下一秒就会晕倒。

我心里暗叫不好，扯扯爸爸的手，说不出话，迈不动步子。爸爸转过头看我，我费了好大劲才从喉咙里挤出两个字："难受。"爸爸立即蹲下背起我，路上的行人和车辆都为我们避让。我趴在爸爸肩上，闭起眼睛，不断有口水涌进嘴里，又不断被咽下去。我感觉到自己正在一点点丧失对身体的控制能力，不知道下一秒会发生什么，只能感觉到难受、害怕、难受、害怕……

爸爸背着我一路小跑，短短几百米的距离，我一直在心里默念："坚持一下，再坚持一下……就快到了，就快到了……"终于，爸爸把我放到车上，我侧躺在后座上，妈妈打开所有车门，帮我扇着风。我缓了一会儿，又几度干呕，出了一身的汗，终于呼吸顺畅了许多。

过了很久，我从座位上坐了起来，感觉舒服多了，看见爸爸妈妈也都出了一身汗。他们紧张地盯着我，这下可给他们吓得不轻。恢复过来，就觉得没事了，可能是我穿得多，天气一下子升温不适应。

可第二天一醒来,我就觉得左眼看东西有些模糊,而且只有右上角模糊,像是眼睛上沾了什么不干净的东西,而且揉也揉不掉。我没有第一时间跟爸爸妈妈说眼睛不舒服,我想着过两天也许就能好转。

可没过两天,左眼内眼角长出一块黄色的脓状物。去医院看,医生说是内针眼,敷了几天药很快就消下去了。然而,左眼视力并没有好转,模糊的范围反而越来越大,闭起右眼睛,左眼几乎看不清东西,照镜子挡起右眼甚至看不全自己的脸。

这下我意识到情况不妙了,爸爸妈妈得知情况后,赶紧又带我去看眼科。但是看过之后,所有眼科医生都说不出个所以然,结合我的既往病史,眼科医生建议我们再回血液科找原因。我来到血液科检查,骨穿、腰穿、核磁、CT全来一遍,结果显示都正常。查不出病因,血液科和眼科的医生谁都不敢贸然下定论。

我从没想到过自己的视力会出问题,从小到大我都以"眼神好"为傲。小时候坐在电视机跟前看动画片,初中时候躲在被窝里看小说，我从没戴过眼镜，测视力每次都是 5.0、5.1。这双眼睛陪我看了二十多年世界，我以为它们的使用期限会伴随着我的一生，我从没想过我的眼睛会中途罢工。

后来回忆，其实我的眼睛第一次出现异常是在第一次化疗期间。2018 年的 7 月，那时候我刚住院不久，有天晚上一抬头突然觉得屋子里的灯光变成了黄色。我仰头看看灯管，感觉不像是变色灯啊。于是，我问同病房的阿姨是换灯了吗？阿姨被我问得一头雾水。灯光没有变，是我眼睛的问题。不知道哪种药的副作用会伤害眼睛，我的眼前像蒙上了一层黄色滤镜，看什么都发黄，过几分钟才能渐渐恢复正常。

第二次是在移植仓里，是 2018 年 10 月那会儿。有天晚上眼皮不停地跳，闭上眼睛仿佛看见五颜六色的小球在乱跳，睁开眼睛又看不清东西，持续了大概半个小时。出院后回到家，发觉视力不如从前，在习惯的老位置看电视，已经完全看不清字幕了。

之前两次眼睛不适是药物所致，过了一段恢复时间就慢慢好转了。有了前两次的经验，我开始以为，这一次也一样，我心里抱着这样的希冀，所以一开始没有想太多。

可是一天天过去，左眼仍不见好转，反而视野模糊的范围越来越大。爸爸妈妈着急了，7月，他们终于打听到了擅长移植术后的眼科专家。我们寄希望这位专家能够给我们一个确定的诊断，于是急忙奔赴北京看眼睛。结果，专家也没看出个所以然来，只说是视神经水肿，不像是白血病复发。他给我在眼球内和眼球后各注射了一针，让我们以观后效，9月再来复查。

2019年9月，我们再次按时到北京复查。专家依旧告诉我们变化不大，接着又往眼球后注射了一针，之后让回家继续观察。

血液科按时复查，眼科也查了又查，还是没能诊断出病因。可视力却每况愈下，到10月末时，我的左眼已经完全丧失了视力，同时还伴随肿胀和疼痛。

我曾以为化疗和移植就是最痛苦的了，没想到眼睛疼起来更要命，真可谓是"牵一眼而动全身"。疼得厉害时不敢眨眼。伸手轻触，左眼要比右眼高出半个眼球，肿胀得好像随时都会冒出来。妈妈看在眼里疼在心里，为了减轻我的痛苦，帮我把纱布粘在左眼上，尽量减少左眼的活动。我也尽量平躺着，不敢走动，稍一动就牵动着头也跟着疼，有时还会有恶心感。好在这种疼是间歇性的，一周左右症状就会消失，一个月后又重新开始一波疼痛。

接下来的几个月，我们又多次往返北京，眼科不敢治疗，血液科找不出原因，依旧无法确诊眼睛的症状因何而起。

直到 2020 年 1 月，左眼控制不住地往外淌眼泪，疼得我整日躺在床上强迫自己一觉接着一觉睡，有时听听康震老师讲的苏东坡聊作安慰。饭吃不下几口，去洗手间的几步路都走得很吃力。更加不妙的是，不止左眼，我的右眼看东西也开始变得模糊，并且视野只剩下三分之一左右，一双拖鞋都看不全，手机屏幕上的一行字要换不同角度才能读完。

我想象着如果有一天我完全失明了会是什么样的情景。或许就在阳台上，坐在一把摇椅里，旁边再放上一台收音机，我将再也看不到窗外的白雪，再也分不出昼夜、不辨南北，春花秋月、夏雨冬雪于我来说更无二致，我能触摸到妈妈新长出的皱纹，却摸不出她新生了多少白发……那段时间，晚上要入睡时，我会猛然睁眼，努力环顾四周，默默确认自己是否还看得见……我是那么那么害怕黑暗……

我眼睛的这个状况一直持续，爸爸妈妈总也放不下心。1月的哈尔滨正是最冷的时候，我不想出门，也没力气出门。可爸爸妈妈坚持要带我去北京再做检查，我想过完年再去，他俩坚持年前就出发，说只有检查了才放心，眼睛没事的话回来过个安稳年，有问题的话更不能等，要尽早发现，及时治疗。

出发前一天晚上，我们仨一边聊天一边收拾行李。爸爸接了朋友一个电话，撂下电话后，自信满满地对我说："没事儿，要眼珠子大哥也能抠下来给你！"我和妈妈哈哈大笑，这辈分论的。不过，这次口误后，爸爸就成了我和妈妈的"大哥"——保护我们所向披靡的"大哥"！

一千三百多公里的路程，终于到了北京，又是医院附近的日租房，又是做骨穿、腰穿，拍了PET-CT。有眼科医生建议针对左眼进行放疗，可是要拿到癌细胞视神经浸润的证据需要在眼底取活检，而这项手术没有一名医生敢给我做。

最后实在没办法，我们去看了黎晓新教授的门诊。她很肯定地判断就是视神经浸润，白血病复发，给我开了一支球内注射的药。

打针那天，我没有很紧张，在换衣间还碰见了一位奶奶。她动作缓慢，和我说好几个人都换完了，她还没穿上裤子呢，人老了身体也不好。我笑着回她："嗐，年轻人的身体也不见得好哪儿去啊。"逗得奶奶嘿嘿直笑。我俩一起换好病号服走到等候室，里面坐了一圈人，我和奶奶就挨着坐在了门边的位置。护士给我们滴麻药，每人发了两个棉球。麻药流出来，我就顺手用棉球擦了擦，奶奶提醒我这棉球不是擦脸的，是进了手术室堵在耳朵里的。我说还以为是怕麻药流出来擦一下的呢。奶奶边笑边说："你可真招笑儿！"奶奶夸我心态好，我细想想，好像我这身上就剩点儿好心态了。可万万没想到，几分钟后我连好心态也不剩了。

躺在手术台上，眼睛被一遍遍消毒，药水冰冰凉的，开睑器撑得皮肤生疼。幸好左眼没有视力，看不到针扎下来，不至于那么害怕。

打完针换回自己的衣服，出去找妈妈，妈妈借了房东的轮椅，推我回去。可刚出医院大门，冷风一吹，眼睛生疼，眼泪不断流出来，浸湿了纱布。从医院回到日租房几分钟的路我就一直哭，控制不住地喊疼。风吹过来有些冷，但不凛冽，就像拿钝刀在剜我的心脏。我能把眼睛的疼痛用嘴巴喊出来，可心里的苦无处可诉，到底，我还要遭多少罪啊……

　　好不容易回到屋子里，躺到床上，还是疼得受不了，左眼火烧火燎般胀痛，且持续不断。如果痛苦有等级，那么这段日子眼睛的疼痛是我有生以来经受的最高级别的疼痛。我疼得不停哼哼，翻来覆去，手指使劲攥在手心，可攥破手心的痛也缓和不了眼睛的极致疼痛。不知过了多久，才终于睡着。

　　第二天去医院复查，眼睛疼得不敢走路。爸爸抱着我出去，又向房东借了轮椅。到了医院，左眼眼压高到常规仪器测不出来。眼睛疼到不知所措，整个身体都感觉无处安放。

　　测眼压时，护士姐姐随口一句："你往这边一点，你鼻梁有点高。"这是我一整天听到最开心的一句话，在心里偷笑我才发现我还是挺乐观。可马上痛感袭来，这次不能再用"你别矫情，坚强一点"这样的话来安慰自己，因为这种痛感太真切、太实在了，痛不欲生大抵如此吧。

等候看诊的时候，实在受不了，窝在轮椅上，在医院走廊里哇哇大哭，头也疼，还想吐。我看到旁边有个四五岁的小男孩坐在妈妈怀里，我不想让自己的行为吓到他，可我控制不住，大哭是我唯一能排解这种疼痛的方式。

医生让我们去放眼压，但是要到另一个院区，车程四十多分钟。路上我趴在妈妈腿上，就像小时候耳朵疼去医院，妈妈揽着我，好像疼痛就少一点。我半梦半醒，轻声哼哼，煎熬的四十多分钟的路程总算到了。

上车时，由于放不下轮椅，我们只好把轮椅寄存在附近的小卖部。没有轮椅，爸爸就背着我，怕我难受，爸爸就加快脚步，上楼、下楼，跑了两栋楼，终于到了手术室。爸爸陪着我进去放眼压，坐在凳子上，面前是一个仪器，医生拿一根细细的针扎进我的眼睛。整个过程我一直抓着爸爸的手，医生温柔地让我不要动，一边操作一边问我："不疼吧？"确实没有想象中那么可怕，做完手术，医生问有没有舒服点儿，我还没来得及回答，一阵恶心上来就吐了，吐完之后倒是舒服多了。

这就是我看眼睛的"历险记"，哦不，还没完。

我再次去北京复查眼睛是第二次移植之后了，左眼依旧看不见，但早就消了肿，右眼视力也恢复了正常，眼睛没什么问题，只是医生说："左眼治疗意义不大了，没什么好办法，就保持现状吧。"从诊室出来，爸爸又折回去，问医生他的眼睛可不可以移植，他想把他的眼睛换给我。

我没什么遗憾，一只眼睛也可以看世界，哪个英雄归来不带伤疤？我的左眼就是我的军功章，也将永远提醒我在生病期间想明白的一些事情：不苟且，对自己忠诚到底。永远善良，永远感恩。一直勇敢，一直乐观。还有一路上收获的爱与感动。学会给予和陪伴，学会帮助与报答。

一路跌跌撞撞，右眼继续看看繁华世界，左眼盯着自己做一个好人。往后的世界我只看一半，就让左眼审视灵魂，右眼打量乾坤。

北京北京

北京——寸土寸金的地儿。挤满了看病的人、谋生的人、追梦的人和观光的人……各有各的命,幸或不幸。

为了给我看眼睛,2019年下半年,我们每一到两个月就要往返一次北京。只不过这半年的北京之旅比我曾经参加任何一次比赛或考试都更紧张,甚至可以说更艰险。这半年每次去北京都像是去闯关,闯不闯得过去,攸关性命。

我第一次长途旅行就是去北京,在小学六年级的时候,参加全国少儿电子琴大赛。演奏中有一点儿小小的失误，只拿了二等奖。不过，比赛成绩并不能影响我探索北京的热情。比赛完后，我去看了天安门，逛了王府井，吃了老北京炸酱面……街市繁华，人流熙攘。我对北京的初印象尽是精彩与美好。离开时，我在心里默默地想，我一定会再来北京的！可那时12岁的我，怎么也不会想到，10年后再赴北京，却成了我人生中很艰难很艰难的一段"旅程"。

从2019年7月起，为了看眼睛，每一次出发去北京之前，我们都胆战心惊，每一次又无果而返。有句话说："没有消息就是最好的消息。"其实不然，有时没有消息，可能意味着一场更为狂烈的暴风雨正在酝酿来袭，而你并没有预知的能力，也错过了最好的预防时机。

与以往去北京不同，这几次去往北京的行囊里装的都是我的被褥、碗碟、病历。由于刚做完骨髓移植术不久，我的身体免疫力还很脆弱，日常生活各方面都要格外小心仔细，生怕哪里弄得不干净沾染了什么病菌，造成某处器官感染。尤其是饮食，要干净卫生，最好是自己家里做的饭菜，唯恐引起肠胃不适。所以我出远门就好像运送一件易碎品，生怕磕了碰了，保护措施要面面俱到才行。这样就加倍了爸爸妈妈的辛苦！

我们跑遍了北京所有的眼科权威医院，每次就租住在医院附近的日租房。这样的房子通常都是在病友群里联系病友家属，有的病友家属为了照顾病人租下整套房子，再以日租的形式将空余房间租给同样来看病或来复诊的病友。

北京的房租本来就很贵，医院附近的更贵，医疗费用已经让很多家庭不堪重负，房租又是一笔不小的支出，所以，"日租"就成了病友家属减轻经济压力的普遍方式。

当然，也有住院的病友，他们的家属为了节省开支会租住床铺，或一个小单间，能睡觉即可，他们更看重的是有厨房可以给病人做饭。

我们在航天医院附近租住过一个房间，八九十平方米的房子，算上我们和房东共住了七户人家。从门廊到客厅摆了四张床，分别住了四个病友的家属，他们的亲人住在医院治疗，他们自己每日医院、超市、日租房三点一线循环往复。他们在此，一张并不私密的床安放所有身家和希望。我们仨租了一个独立房间，五六平方米，两张窄窄的单人床，房东又拿来一张折叠小床。屋子最里面是一扇小窗，窗纱似乎多年未洗，积攒了厚厚的灰尘，油乎乎泞在上面，早已分辨不出颜色。隔壁两个房间，一间租给和我们一样来看病的病友一家，另一间房东自住。这么多人共用一个厨房，一个卫生间。谁也没有抱怨，谁也没有多言。这就是远到北京看病的人基本的生存状态。

为了看眼睛，我们几乎跑遍了北京顶尖的医院。同仁医院的大厅堪比高铁时代前的火车站，人声喧杂、挤挤挨挨。有人扛着行李挤过人群，有人看着报告单打着电话，有人焦急地排队等待……一大波人出去，一大波人又进来。只不过这里的人们求的不是去往目的地的车票，而是重获健康的希望。

2020年末热映的电影《送你一朵小红花》，讲了一个抗癌故事，我仍然不敢看此类题材的电影，我怕触景伤情。不过我在网上看了一个片段，随即红了眼眶。画面中一个中年父亲坐在医院门口流着泪吃外卖，看介绍才知道，这个镜头源于导演曾在北医三院门口观察到的真实一幕。

就是那个我去了很多次的北医三院，我几乎可以说是这个医院眼科的活地图，哪里测视力、眼压，哪里验光，哪里拍眼底照相……我都门儿清。我没在北医三院门口吃过外卖，但我睡过朝阳医院门前的花坛边，在航天医院门前吃过盒饭。

那是一个初秋的早晨，我们从航天医院附近打车前往朝阳医院看陶勇医生的门诊。北京的早高峰实在太拥堵了，我们一大早出发，赶到医院时大厅已经人满为患。我身体虚弱，加上起早，疲惫得走一步都艰难。可医院里的人太多了，爸爸小跑去挂号、开单子，妈妈就坐在花坛边，把我的头放在她的腿上，搂着我让我休息。我第一次睡在了花坛边，顾不得人声嘈杂，也没空在意虫蚁乱爬，我太累太困了。

还有一个午后，记不清什么季节了，好像是夏天，又像是秋天，或者是夏秋交错的时间。我只记得航天医院的大厅里是灰暗的色调，坐在长椅上，我努力想看清对面墙上的字，却怎么努力都是模糊一团。我感到有些憋闷，可检查结果还要等，也到了午饭时间，索性订外卖去外面吃吧。

台阶上来回有人上下，平台上还有救护车出入，我们仨只好下了台阶，到路边石上吃。看着马路上来往的车辆，每个人都有要抵达的目的地。我把吃不下的鸡腿肉分给爸爸妈妈。

这几次的北京没有记忆里的鲜亮和美好，变得嘈杂和拥挤。医院里的人太多了，上午去朝阳医院挂好号，下午五六点钟才看得上门诊，而这已经是医生拿出午休时间，一刻不停地接诊状态了。

最后一次到航天医院是在 2020 年 1 月，做了骨穿、腰穿，拍了 PET-CT，这次终于有了明确的诊断结果：当时结果显示，左眼视神经有癌细胞浸润，骨穿残留百分之零点几，而脑脊液残留为百分之九十八点多，将近百分之九十九。我需要马上干预治疗，可这么高危的情况下，医院仍是腾不出来一张病床。

2020 年 1 月 17 日，我只好拿着证实病情复发的报告离开挤挤挨挨的北京。

离开北京那个傍晚，我坐在车里，望着车窗外的北京。真是满满当当的北京啊：高楼、街道、桥梁、历史、文化、梦想……还有像潮水般的人们向这里涌入。有人奔赴一个多年的理想，有人奔赴一个活下去的希望。北京被装载得满满当当，就连路灯都瘦瘦长长，生怕多占了一寸地方。

但这座城市足够强大，也足够包容，希望她能多成就一个人的梦想，多挽留住一个人的生命。

一梦敦煌

> 我多想带上装满梦的行囊,牵一只骆驼去那风沙弥漫的远方。
>
> ——《大漠敦煌》

其实,我也想过放弃。我也害怕过、绝望过,甚至迷糊间觉得自己大限将至。可人哪怕行将就木,也会有要奔赴的盼头和要达成的心愿。那时的我,就想和爸妈一起去敦煌,看一看洞窟中佛像庄严、壁画绚烂,翻过鸣沙山,走过月牙泉,白天数着绮丽的飞天,夜晚数着漫天星子入眠……也许我就一抔黄沙埋在大漠,说不定还能邂逅千百年前血卧沙场、身披金甲的将军；也许就会有奇迹发生，癌细胞神奇地消失，我痊愈归来继续生活……

可现实是，2020年1月，在北京眼球内注射针剂打完的第二天，我吃东西时觉得嘴巴有些不对劲，有一半用不上力，右边耳朵动一动也没什么知觉，右边脸麻麻的。心里"咯噔"一下，我感受到嘴巴像被什么往一边扯着，两边脸颊的肌肉力量完全不对称，仿佛从额头到下巴有一条看不见的线平分了我的脸，左边活动正常，右边全部瘫痪。

晚上，好朋友英文下了班来看我，我问她："你看我的嘴歪吗？"我努力笑着。那时候我左眼蒙着纱布，右眼根本看不清她的样子，模糊中我看到她看着我，故作轻松地说："呀，你这样一笑还挺像动漫里的坏蛋。"

我不知道是否该用笑两声来回应她可爱又蹩脚的玩笑话，但我真的很难过，我不怕苦、不怕疼，头发落了可以再长，可我的眼睛、我的脸怎么办呢？！我不想在镜子里看到一张扭曲的、没有表情的脸，我还想化上漂亮的妆，去旅行，拍许多许多好看的照片！

第二天一早,英文去上班了。我们吃过了早饭,爸爸妈妈带我换到了航天医院附近的日租房,去医院做了骨穿、腰穿,又约了PET-CT。

那天做完PET-CT从医院出来,北京的一月没有冷得彻骨,但仍有些凉意,我们仨站在路边等车,我心里莫名害怕。我承认,我慌了,可我不想把负面情绪带给爸爸妈妈,于是我慢慢蹲下来,习惯性地用手指拨弄地上的小沙砾。我忽然想起学生时代学过的一篇课文《信条》,里面有句话我一直记得:"当你们出门,到世界上去走走,要注意来往车辆,手拉手,紧挨一起。"老师让我们仿写列出自己的信条,我写过这样一条:"当你害怕的时候,不妨蹲下来抚摸大地。"我记不得当时为何会写下这么一条,但此刻的我试着用手掌轻抚地面,好像心里可以踏实许多,仿佛能从大地汲取到一股勇气和力量。

我看着马路对面,又抬头看看广阔的天空,顿感自身无比渺小,人生如寄。当人们脆弱时,面对长天大地、旷野茫茫,往往会明白自身的渺小,在大自然面前,人类的生命光阴只走过了时间的一点点刻度而已。正如杜甫诗中所言:"飘飘何所似，天地一沙鸥。"原来千百年来，人与人之间的情感竟还能如此有契合、有共鸣。

我倒没有那么惧怕死亡，每个人终会化作一抔尘土，融于大地，这是很自然的事情，其实并没有那么可怕。可怕的是你不知道在你走后，留在世上的那些爱你的人们会承受多少难过，会怎样面对没有你的生活。

车来了，我起身挽住妈妈的手，乘车去心心念念的袁弘夫妇经营的面包店，店铺名字很好听——面包会有的。

店里装修色调有些暗，那时我的左眼视力全无，右眼视野范围只有三分之一左右。许久没走进过店铺亲自挑选商品，我想努力装作正常的样子，可我看不清面包的价签，甚至看不完全展柜里的面包。心头有些发涩，随便挑了个面包，买了两袋馋了许久的碱水小面包便匆匆出门。抬头望了望招牌，真可爱，面包会有的，那么，我的健康呢，明天呢，未来呢，生命呢，会有吗？

起风了，还是有些冷的。对面有家川菜馆，招牌大得像是只接待宴席的高级酒楼，可除此之外周围就没有能吃饭的地方了。我们仨只好进去看看，二楼是接待散客的餐厅，爸爸妈妈扶着我上了楼，场地不小，客人不多不少。我们仨就近坐下来，我让爸爸妈妈替我点餐，说吃什么都行，其实，我不想让他们知道，我根本就看不清菜单。

爸爸妈妈各点了份套餐，有香辣虾、干锅花菜、香菇油菜、一份汤和白米饭。我真的很饿了，饭菜端上来就赶紧吃，也不说话，任由妈妈往我碗里夹什么菜，我就低头一个劲儿扒饭，眼泪噼里啪啦掉进饭碗里，更看不清东西了。那是我有生以来吃过最狼吞虎咽的一顿饭，竟有种这是我"最后一餐"的感觉，仿佛吃完这顿就要被押送断头台，使劲儿吃吧，再不吃就没机会了。那一刻我理解了古代死刑犯临行前为什么要安排断头饭，理解了那些人和着泪大口大口吃饭的心情。

吃完饭我假装擤鼻涕把眼泪擦干，穿好衣服，一边一个握紧爸妈的手，下楼、打车、回家。

回到日租房，这次的房间还不错，三室，其他两个房间住的都是上班族，估摸着年纪该和我不相上下，每天早出晚归。我们回去的时候，他们还在上班，屋子里十分安静。我迷迷糊糊躺在床上想睡觉,右眼皮跳得厉害。俗话说:"左眼跳财,右眼跳灾。"我这右眼睛跳得简直要把我"跳走"的架势。一阵心烦意乱,可我仍努力闭着眼睛,我怕睁开眼看见爸爸妈妈就会忍不住大哭。我也不知道该和他们说什么,我不想让他们再为我担心,这两年他们已经经历了太多太多提心吊胆的时刻了。

我忍不住开始想"遗言",我希望他们两个能互相照应,他们一定会难过,不只是难过,应该是伤心欲绝。我担心妈妈可能会悲痛之下"随我而去",我要怎么劝她呢?我没时间也没力气做些什么了,我给他们俩布置个"任务"?让他们一起手拉手替我去看一看敦煌,寻找一个什么极难寻找的物件儿。不要坐飞机,要自驾,不行,爸爸伤心的话开车容易分神,还是让他们坐最慢最慢的火车吧,希望路上遇见高人开导他们,或者在旅途中慢慢治愈心里的伤痛……

我又想到我的"葬礼",我害怕烈火灼身,还是把我埋土里吧。可一想到下葬时妈妈一定会哭得悲痛欲绝,我心里就止不住地疼。生病后,我从没见爸爸掉过一滴眼泪,可那时他应该再也忍不住眼泪了吧,他会不会一夜间衰老得像一个小老头?我不敢去想。还有我的朋友们、那些知道我名字的人们,我很怕想象大家嘈杂谈论的画面,我希望安安静静的。哦,对了,还有她,我最好的朋友,她一定会帮我安慰我的爸爸妈妈,可她的悲痛谁来安慰呢,往后的日子,没有我她会很孤单吧……不过我也足够幸运,拥有一个能够在葬礼上说出我一生的人。

不知道什么时候睡着,也不知睡了多久,醒来已是傍晚。爸爸躺在床上,没看到妈妈的身影。猜也猜得出来,妈妈一定去医院问骨穿、腰穿的结果了。

爸爸问我要不要吃罐头,我没胃口,在东北有一个约定俗成的习俗——感冒了要吃黄桃罐头。我从小到大一有头疼脑热,爸爸就会给我买黄桃罐头,"桃"过病魔。于是生病后我多了一个小名儿——桃子。

妈妈回来了,眼圈红红的,很明显刚哭过,但也看得出来,她努力调整过情绪,笑呵呵地走进来,一如既往温柔地说:"呀,小桃子睡醒啦。"我问她去哪儿了,她含含糊糊地说去买东西了，可她手里什么都没拿。我说你去医院了吧。她别过头强忍着情绪，深吸一口气，转过来仍是微笑着对我说："我顺便去了一趟，嗯，结果都出来了。"我笑了一下，装作不在乎地说："复发了，是吧？"妈妈手捂着嘴别过头去，尽量不哭出声。我也强忍着泪水，我注意到爸爸的神情：茫然、难过，还有自责？我第一次见到爸爸的情绪如此低落。自责？自责什么呢？他是在责怪自己没能救我，他的细胞没能帮我打跑癌细胞吗！

我缓和了一下心情，拍了拍妈妈，努力笑着说："我们去敦煌吧！"妈妈抱着我哭，让我不要放弃。

很多人都说复发之后再治疗就难了，身体可能会产生抗药性，而且我现在身体虚弱，承不承受得住化疗反应也是个问题。我告诉他们我不怕，但是与其希望渺茫遭受痛苦，我更想和他俩一起去敦煌看看，说不定出去玩一圈就好了呢！

爸爸妈妈没有回答，妈妈拿出手机不知道在和谁对话。过了一会儿，妈妈说："咱们再坚持一次行吗？这个医院没有床位，咱们住不上院，我问了陆道培的护士长，咱们给陆道培医生打个电话，要是能收咱们，咱们就再试一次。"看着妈妈强忍着眼泪的样子，我知道此刻她有多想放声痛哭，发泄出所有的委屈、害怕、愤怒和疲累。但是她压制着情绪，用着近乎有些乞求的眼神看着我，她是怕我泄了劲儿，放弃了希望。而我又怎么舍得她如此痛心，于是，我认真地点了点头。

电话拨通了，妈妈跟医生说了我的情况，医生说话很实在："你们如果有钱可以来试一试，但是这个状况谁也说不准能不能再次缓解。"我插了一句："如果不继续治疗，我大概还有多少时间？"这是我第一次问出这个问题，眼泪忍不住吧嗒吧嗒掉下来，终究是舍不得啊。答案我也知道，哪怕是医术再高明的医生也掌管不了患者的生死啊。

妈妈咬了咬牙，一个劲儿在电话里说："我们治！我们治！"对方记录了我们的信息，推荐我们联系移植组的曹主任。

终于等来了曹主任的电话，她很果断，让我们后天到医院，并答应会想办法给我安排床位。我很感谢她，没有拒绝收治我，也没有因床位排满而让我等待。哪家医院都不缺病人，而医之大者，当为患者生命计，常怀仁人之心，以病情为号令，尽力多救治、再多救治一个病人。

于是我们仨抱在一起喊加油！收拾行囊，准备出发去河北陆道培医院。

爸爸说等我好了再带我去敦煌，健健康康地去旅行多开心啊！好！我等着去看丝路花雨、经书壁画、千年黄沙、反弹琵琶……

我的敦煌啊，待我身体康健，乘春风、度玉门，让梦露宿在你的身旁。

八十一难

该吃的苦,一点儿都不会少。

复发这事儿,就像是取经路上历经重重磨难,终于捧回经书,还未来得及参悟,佛祖掐指一算:咦,不对啊,还少一难,办他!于是,翻了船,经书湿了……

我对抗病魔做出的所有努力都像那些晾干后的经文,消失殆尽,毫无痕迹。而此时的我,不敢期待通天大道,面前是恶浪滔天,寸步难行。

实际上,我面临的这第"八十一难",不是能否取得真经的问题,而是生与死的赌注。

复发，不仅意味着再一次生病，还意味着曾经用过的药物可能不再起作用；身体对药物副作用的承受能力大大降低……就是说，这一次的治疗难度和风险都更大，而且不要忘了，这个病本身就不小，人们叫它"血癌"。更重要的是，面临癌症复发，我的心态能不能调整好，我还有没有力气再刚一刚，我还能不能坚持到胜利……我不知道，这一次我真的需要帮助了，需要那只渡我乘风破浪的老龟。

无巧不成书，刚做了去陆道培医院的决定，我们接到了航天医院的电话，医院告诉我们第二天有间 ICU 病房可以腾出来，我们可以先住进去治疗。两家医院都是业内口碑不错的医院，该如何选择，我们陷入了两难。

晚上，英文来了，她第二天就要回家过年了，所以今天下班后特意来陪我一晚。我们一起商量去哪家医院好，商量半天也没商量出个所以然来，索性抓阄吧。有人说："当你抛出硬币的那一瞬间，你就已经有了答案。"没错，爸爸抓到了航天医院，可最终我们还是选择了陆道培。

生病以来，掉头发我没有太难过，可这次左眼外凸、嘴角歪斜、半边脸面瘫，我真的有些接受不了。晚上英文就睡在气垫床上，睡觉前她神神秘秘地和我说明天早上她就赶飞机回家了，但是会有一个人来"接她的班"。我知道她有点儿认床，晚上还经常上厕所，躺在气垫床上稍一动弹就会发出咯吱咯吱的声音。但那天晚上我睡得很香，没听到她一点儿动静，想来她一定很辛苦，几乎没敢翻身吧。

第二天一早英文就离开了，迷迷糊糊中我也忘记有没有和她打招呼。十点钟左右，她的"接班人"来了，是我杨姐！

杨姐是我大学室友，大学四年我俩几乎形影不离。一起吃饭、上课、翘课、出去玩、卖花环……我的大学生活很快乐，最大的收获就是从第一天起就和她做了朋友！

半年前我们在天津见过一次，我还没到她跟前，她就先哭了，我知道她心疼我。这次她没哭，笑着捏捏我，陪我吃饭，我知道她忍着眼泪，我知道她心疼我。

吃完饭我们打包好行李出发去河北，妈妈在病友群租好了房子。病友群里的人们在一起抱团取暖，很少有人会吝啬于帮助他人。因为懂得，所以慈悲吧。一路上我叽叽喳喳不停地给杨姐讲故事，就讲我最近玩的游戏里的人物背景故事。或许有些慌张，我不知道下次再见面是何时，我们还会不会有下一次见面，我就是很想和她多说说话。

幸亏有我杨姐在，到了新环境我没有那么害怕，虽然我知道我即将面对的是什么。我们一起铺床，就像每一次开学到宿舍整理床铺时那样，她总是会帮我弄这弄那，我那时甚至觉得她好像我在学校的另一个"妈"，她总是会照顾我，总是。

然后，我们一起坐在床上看窗外小区的环境，一起碎碎念、闲聊。

晚上，表哥下班从北京过来给我们做了一桌饭菜，都是我爱吃的！水煮大虾、萝卜排骨汤、清炒莴笋还有西红柿炒鸡蛋。吃完饭，他就又赶回去了。

晚饭后，杨姐下楼去买药，回来时还给我买了一个五米线长的插线板。她总是实实在在知道我需要什么，从认识她那天开始，她就总是照顾我、迁就我。我是个慢性子，她是急性子，每天上课、吃饭……只要是我们俩一起的行动，没有意外，她总要等我。毕业时候，她说算了一笔账——大学四年，她什么都不做，光是等我的时间加起来就有五个整天，我浪费了她生命中宝贵的五天时间。当时我们哈哈大笑，可现在想想，如果一个人愿意把时间浪费在你的身上，无论什么关系，那个人一定很爱你。

晚上我俩挤在一个被窝，聊天聊了大半夜，聊明星八卦、同学八卦，就像大学时宿舍晚间八卦一样，只说开心的，有时笑笑别人，有时也笑笑自己。不是不困，是想和她多说说话，有她在，我就没那么慌了，我就很踏实。

第二天一早吃完早饭，我使劲抱抱杨姐，她要回天津收拾行李，回老家过年。她说过完年就来看我。

我和爸爸妈妈也出发去陆道培医院。

入院要先做骨穿，我在查体室等着。隔壁床是一个九岁的小弟弟，一边输着液一边玩手机，他对面床上是一个戴着无檐帽子看起来有些虚弱的大姐，听她聊天大概就是病情复发，又回来治疗，可是她有点想放弃了。我听了心里有些发酸，坐在床上摆弄手机，心里乱糟糟的。突然有人从身后拍了我一下，好家伙！杨姐的"接班人"来了！老韩【抖音的兄dei们都认识她，她就是"舒服"】腊月二十五，从黑龙江省牡丹江市，穿越冰天雪地，一千四百多公里路程赶来。

一来就先霸占我的病床，自己"养大爷"似的往床头一躺。我俩太熟悉了，从初中时候起，我们就是彼此最好的朋友，有着魔幻般难以言说的默契，她就是世界上另一个我。

医生进来做骨穿，还以为她是病人，给她吓得一溜烟跑了出去。做完骨穿也该吃饭了，我不用问她路上舟车劳顿，也不用和她客气，直接告诉她我要吃顿好的！吃肉！

不一会儿，一大份肯德基送到了，汉堡、鸡翅、鸡腿、派，还有两大杯冰可乐。今儿个就今儿个了，趁化疗前该吃吃、该喝喝吧！和她在一起就可以尽情地淘气、任性，遇事儿全不用往心里搁，她会"罩"着我，陪着我，她是我可以许愿的小星星，也是我万能的哆啦Ａ梦。

晚上，护士给我安排了病床，这次是双人间，病床周围围着一圈透明塑料布，外面还有一层床帘，床头安装有层流系统。我从来没住过这么高级的病床。我和老韩鞋一脱，爬到床上。她带来了以前的旧手机，相册里一大半都是我的照片，这些照片中一大半都是我的"丑照",我俩边翻相册,边嘻嘻哈哈,正高兴着呢,护士过来撩开帘子,眉头一皱,呵斥道:"哎!病人的床你怎么能上去呢!不白消毒了吗?这床帘隔着还有啥意义呀?赶快下来下来!"她连滚带爬地穿鞋下地,我努力憋着偷笑。然后,她就拿装片子的袋子往地上一放,坐在我床边陪我说话。晚些时候,护士来输液,我困劲儿上来倒头就睡,她就坐在地上帮我看着针。

后来那几天,都是她在医院陪我,爸妈白天过来,晚上回出租房。她陪我玩,陪我拍视频,帮我看着针,按铃叫护士换药,给我"端屎端尿",晚上我睡着了她就睡在陪护椅上。直到腊月二十九才回家,走之前给我买了个米奇封面的日记本、彩色碳素笔,还有眼罩。她很清楚我想要什么。

老韩回家后,她的"接班人"不是一个人,是我二十多万的兄 dei(弟)!我们素未谋面,可他们说:

"琪琪,你身后有这么多的兄 dei(弟),我看谁敢把你带走!"

"琪琪,你一定要坚持住!你是我们的英雄!"

"琪琪，你只管专心打怪，我们帮你搞装备！"

"琪琪，我想给你捐骨髓，你告诉我该怎么做！"

……

那么多留言，感动之余，每一条都给予我很大力量！这些力量汇聚到一起，化成了通天河上渡我乘风破浪的超级无敌厉害的老龟！

于是，我又有了斩妖除魔的勇气与求取真经的信念！我也听懂了《西游记》的主题曲：

刚翻过了几座山

又越过了几条河

崎岖坎坷怎么它就这么多

去你个山更险来水更恶

难也遇过 苦也吃过

走出个通天大道宽又阔……

在我复发重新上阵的节点上，是我的这些朋友、兄 dei（弟）们，用他们的爱和温暖给了我敢于再战一次的勇气与信心。

我相信，该吃的苦一点儿都不会少。这两年的春秋冬夏，一场场的酸甜苦辣，每一次斗罢艰险，又出发，不怕！我更加相信，该享的福也一分不会少。这一路收获的朋友、爱、勇气、坚持与信念，定会帮助我渡过九九八十一道难关。

踏平坎坷，方成大道。

再来一次

> 真正的勇敢，不是无知无畏，而是经历过失败，明知苦痛难当，明知前路险阻，仍然义无反顾，勇往直前。

我在大学期间有发过传单和推荐小语种培训课程的经历。一间一间宿舍地去敲门介绍。有的同学很感兴趣，但更多的是无视或没兴趣、不需要。闭门羹吃多了，发现发传单并不像想象中那么容易。拿着一沓宣传单出发时的热情被一点点磨光，心里也慢慢泄了气，需要给自己加油打气一番才能抬起手去敲下一间宿舍的门。

都说"万事开头难"，但是我发现更难的是在一次次被拒绝后，还能有信心微笑着去敲开下一扇门。人生在很多时候，都需要有这种锲而不舍的精神，不是吗？

住院后，看到曹主任我第一个问题就是："我的脸还能恢复吗？"我可以吃苦，可以忍受疼痛，可我不想变成镜子里陌生到让自己都害怕的样子！苍白的脸，肿胀突出的左眼，歪斜的嘴巴，我不想看到这样的自己。

我还年轻啊，哪个女孩子不爱美，我还没机会去谈一场轰轰烈烈的恋爱，没遇到那个愿意用一生陪伴我共经风雨、共享喜乐的人，还没让爸爸妈妈享受天伦之乐，还有那么多我所向往却未曾踏足过的山河湖海，我还没有结婚……人生中很多重要的事情我都还没有来得及去做。

电视剧里的情节不都是先苦后甜，生了病也等来了真命天子吗？怎么我就是苦了又苦呢？难道是非要我吃得苦中苦，然后再给我一大捧的甜吗？那么，我希望这次病魔再登门，可以带上爱神一起来,该伤我的伤我,该爱我的爱我。等到苦受够了,病魔告辞了,爱神可以留步,让我健健康康地去恋爱、去拥抱、去跑、去跳、去呐喊、去大笑……去和我爱的人们一起尽情尽兴地活一遭!

曹主任对我说:"这种情况有可能会好,不过也因人而异。"哪怕只有千万分之一,我都不会轻易放弃希望。琪琪,加油!我在心里默默给自己鼓劲。

疾病带给人的冲击总是会超出我们的预期,一个拥有健康身体的人无法感受到病魔以摧枯拉朽之势对你身体进行的暴虐。人是何等渺小,生命又何其脆弱,人只有在与疾病正面交锋时,才能对此产生更加深刻的体悟。

人在拥有一样东西的时候,往往很难意识到它的宝贵,一旦有一天当你失去了它,它的意义才会被真正凸显,比如:健康的身体。

当我躺在病床上,护士姐姐通知我明天上化疗药时,我满脑子想的都是曾经化疗时难受痛苦的场景,呕吐、头晕、恶心、腹胀……我努力让自己不要去回忆,但我明确地知道

兄弟dei，一切都会好起来

接下来要面对的是什么，是化疗、进仓这道"程序"全部重新再来一次！而这一次我并不知道我还能不能顺利完成这道"程序"，不知道我究竟会走到哪一步，或者说会卡在哪一关！

上完化疗药不到两天，我就感到轻微的恶心，晚上开始发烧。与以往不同，这一次发烧我开始浑身打冷战，全身蜷缩成一团止不住地发抖。妈妈吓坏了，这两年她日日夜夜为我担惊受怕，不知道多少次听见她在夜里惊慌失措地喊出声，我知道她又做噩梦了。好在半小时左右我慢慢停止了发抖，妈妈也跟着松了一口气。

我轻轻拍了拍妈妈的手，表示我没事了，别怕！其实，妈妈又何尝不是拿出了全部的勇气陪我"再来一次"呢？我住院的日子里，她又何曾睡过一个安稳觉啊！都说母亲温柔，母亲又何尝不强大，在保护孩子这件事上，母亲永远高大且坚强！

我本就属于高危病人，又是复发，这种情况下，医生建议只有一条路可以走，那就是进行二次移植。第一次移植是爸爸给我捐献的骨髓，医生建议第二次最好能换一名供者，妈妈曾经有过血小板减少,所以医生不予考虑。于是,我们决定去骨髓库寻找相合的志愿者骨髓,过了几天,共匹配成功了五名志愿者,且和我都完全相合,这对我们全家来说无疑是一个好消息。但是,还没等希望的火苗燃起来,很快就熄灭了——疫情原因,五名志愿者全部无法启动。

我也深感无可奈何,不知是幸还是不幸。幸运的是,茫茫人海中有五个人与我骨髓配型成功,并且他们都是志愿的骨髓捐献者;不幸的是,在2020年2月,爆发了新冠疫情,这场突如其来的疫情,使一些地区被限制了人员流动,而且谁也不清楚疫情会持续多久,到什么时候才会结束。疫情当前,全国人民众志成城共同抗疫,我作为其中一员,必须舍弃小我,顾全大我。这种情况之下,我们只能再另想其他办法。

我是独生女,没有一母同胞的兄弟姐妹,除了父母,就是父母各自的直系亲属可能会有较高的概率与我配型成功。妈妈是家里的小女儿,我的姨妈和舅舅们或是年事已高,或是身体不合格,都不符合配型要求。爸爸是家里的长子,我还有一个叔叔和一个姑姑。姑姑向来身子弱,于是,叔叔就成了我唯一的也是最大的希望。

说来奇怪，病情复发前，我做过一个梦，梦见我一个人站在爷爷家老房子的炕上，地面上有一群蛇不停地向炕上涌来。我拼命地想赶走它们，这时叔叔拿着扫帚突然出现在我身边，他分给我一把扫帚，帮我一起驱赶蛇群。

在此之前，我从来没梦见过叔叔，因此这个梦在我脑海中一直挥之不去。彼时我想或许这梦代表着某种征兆，蛇群象征着卷土重来的疾病复发，但叔叔会帮我击败病魔。

爸爸给叔叔打过电话询问，我毫不怀疑叔叔会一口答应，正好叔叔做饭好吃，说不定他还会早来几天，给我做几顿好吃的解解馋。过了很长时间，爸爸回来小声和妈妈说婶婶和堂妹不同意。我心里"咯噔"一下，我和堂妹从小一起玩到大，我大她三岁，上初中后我较少回老家，我们在一起玩的时间才少了一些。但我想不明白，她为什么不让叔叔救我呢？

妈妈又给婶婶打电话，婶婶说怕伤害叔叔的身体，叔叔是家里的顶梁柱，一家四口要靠着叔叔种地养活。妈妈解释了只需要叔叔的干细胞，不用采取骨髓血，而且捐献干细胞后一周左右供者就可以恢复,对身体没有任何伤害。我听到妈妈大哭着求他们救她女儿一命……

我从没想过这样的事情会发生在我们家。在北京时租住的一间日租房,房东是一位五十出头的阿姨,生病的是她的丈夫。由于没找到合适的配型,他们只能把希望寄托在她丈夫的亲哥哥身上,可是他哥哥的家里人不同意,她那时正在上大学的女儿,请假回到老家跪在她大伯面前求他救救她的爸爸。最终大伯拗过家里人,在他儿子婚礼当天来到北京为弟弟捐献干细胞。

当时听房东阿姨说完,心里不免一阵唏嘘。那时我还想如果我有那么一天,我的亲人们应该会努力救我。我家应当不至于出现这样揪心的场景。

当天下午,婶婶又给妈妈回了电话,说同意让叔叔和我做配型。于是爸爸妈妈赶紧想办法联系有关部门,好不容易在特殊时期委托了血液运输的绿色通道,安排好了车去接叔叔采血,全程做到有效隔离。表哥也自告奋勇提出要和我做配型,正好跟叔叔一起采血。

我一直等着血样采集的消息，可是叔叔终究还是失信了。那天只有表哥一个人去采了血，车开到叔叔家门口，表哥拽都没把叔叔拽上车。我听到后号啕大哭，不是担心没有人能救我，生死有命，经历得多了，我已经没什么害怕的了。我只是不明白叔叔为什么不肯救我，我申请加叔叔的微信，一天过去了，两天过去了……如石沉大海，终是没等到一个"验证通过"。

为什么不救我呢？病魔再强我都敢咬牙刚到底，吃多少苦、遭多大罪，我都能扛。可是叔叔的绝情让我心如刀割，那是我的一条命啊！真的见死不救吗？还记得我刚生病时，叔叔来医院看我，临走时对我说："不用怕，有你叔在呢！"这句话言犹在耳……

后来姑姑也去做了配型，可惜没有成功。表哥也没有成功，知道结果后，表哥打来视频电话，在屏幕里我看到了他的失望，甚至还有点歉意。我安慰他没关系的，会有办法的。

那一刻，我不再纠结心痛于叔叔为什么不救我，毕竟那不是他的责任更不是他的义务。只是当一个与之有血缘之亲的、活生生的生命在等待救赎，而唯独你能够给她一线生机的时候，你没有选择去救她，这着实令人痛心。

后来我和朋友聊起这件事，朋友说："于理，他有权利选择救还是不救你。但于情，你们是亲人，他是你的亲叔叔，应该要救你的呀！"

我一直觉得人与人之间要守望相助，这个社会才有温度，每个人的心里才会充满爱和安全感。人与人之间相互麻烦、相互给予，才有人情味。更何况是血脉相连的至亲呢。但话说回来，没有人因此有权力苛责于他，只是这件事确确实实让我懂得了人性有其凉薄的一面。也正因为人性的幽暗复杂，所以在生活中遇到的温暖和善意才显得那么珍贵，才格外地让人懂得珍惜。

因此，那一刻我更加明白了，我努力活下去是为了这些爱我和我爱的人们，正是他们的爱，给了我坚持下去的勇气，才让我对明天又有所期待！我想以后我会更加懂得如何去爱别人。

最终，医生还是决定让爸爸再试一次。我看到爸爸听到消息后的兴奋劲儿，他说："放心吧，有老爸在就没问题。"可是第一次骨穿检查有一项细胞活跃度不合格，医生建议换个位置再做一次，结果爸爸在四天内前前后后接连做了三次骨穿、一次活检，指标终于合格了！

我知道爸爸虽然看起来人高马大的，其实他很怕打针，我也知道骨穿有多疼，他连续做了三次啊！生病以来我没做过活检，这些我不曾遭受的疼痛他都替我背负了。

没有人能为你分担病痛，但总有人替你负重前行。爸爸妈妈为了我能活下去倾其所有再来一次，我为了爸爸妈妈不受失独之痛用尽全力再拼一次！

因此，在这里我感谢所有爱我和帮助过我的人们。

第一期化疗结束后，我发现右眼的视力有所好转，视野不再模糊，可以正常看东西了；喝水、刷牙不用再用手捏着嘴巴了；左眼也慢慢消肿，看上去和右眼没什么两样了。骨穿和腰穿报告出来后，曹主任来查房时对我说："恭喜你，你赢了！"

那一刻，我简直高兴得要跳起来！再一次打败癌细胞，零残留，我有了第二次移植的机会，有了治愈的可能，有了活下去的希望！曹主任和马大夫转身离开时，我大喊："谢谢你们！我爱你们！"

你看，不放弃就会有奇迹，对不对？

有时候生活就是会把你打回原形，问题是你有没有勇气再来一次！

病房里的春节

2020 年注定是不平凡的一年，无论是对我，还是对太多人来说。但无论如何，我们都要好好过年。

转眼，2020 年春节到了，这一年春节要在医院里度过了。第一次在病房里过年倒没什么失落或不适，三十儿晚上爸爸煮了饺子、炖了鱼、熬了排骨汤，在病床上的活动桌上一一摆好，就是我们仨的年夜饭。那时候爸爸还不会包饺子，买的速冻饺子，就没法像往年一样在饺子里包一枚硬币。

生病前，每年年三十儿晚上的饺子，我负

责擀皮儿，大人们和馅儿，包成元宝样儿鼓溜溜的饺子，再在几个饺子中包入一枚硬币，通常每种馅儿的饺子里都放一个，看谁能吃到。关于吃到硬币的寓意，我听到过两种说法：一种是新年要发财、交好运；一种是新年要多干活。大家好像都更愿意相信第一种说法，因为每年饺子一端上来，大家都一拥而上，就看谁能吃到那个包了硬币的饺子。

煮饺子前要放鞭炮，三十儿晚上你就听吧，谁家传来鞭炮声，谁家的饺子就下锅了。北方人爱吃饺子，过年的时候，三十儿、初一一定要吃饺子，初五也要吃饺子；很多节气，比如入伏、立秋"贴秋膘"也要吃饺子；平日里闲暇不忙时也包顿饺子。不知道你们注意过没有，与平日里煮饺子不同，年三十儿煮的饺子下锅后都是立着的，真是稀奇，原来饺子也知年。

小时候，饺子一上桌，春晚也就开始了，一大家子人边吃饺子边看春晚。那时候每年春晚最期待的都是本山大叔，一般本山大叔的小品都放到语言类节目的最后，小时候困得熬不住了还要交代大人们赵本山出来了一定要叫醒我。

后来本山大叔不再参加春晚了，好像年味儿也慢慢淡了，吃不吃到包硬币的饺子也没什么所谓了，不会再像小时候为了吃到硬币把肚子撑到圆滚滚的了。每年春晚的期待就变成了董卿的主持，全家人都喜欢她，奶奶说："这闺女就有那个眼缘儿。"

可是 2020 年的春晚，董卿也没有参加。我们一家三口的团圆饭也不怎么"团圆"，爸爸妈妈是把饭拿到吃饭间吃的，我是在病床上吃的。到了八点，我们打开了一直无人问津的电视，和同屋的病友一家一起看春晚。室友是个个子高高、胖乎乎的小伙子，二十岁左右，他的父母也都为人和善。因为生病，我们毫无血缘关系的两家人在一个屋子里一起过年，想来也是缘分。

春晚开始，依旧是喜庆欢快的音乐，热热闹闹的气氛，但是主持换了新人，节目演员也更年轻化。是啊，没有人能一直立在台上，总有人要谢幕，也总有人正登台。但这一届春晚最不同的是一个没有彩排过的朗诵节目——《爱的桥梁》，在一片欢声笑语中，这个未来得及彩排的节目让所有人热泪满眶。

就是这个特殊的年份2020，有人在过年，有人在过关，还有一群人在帮我们过关。那段日子里，我每天醒来第一件事不是关注自己的各项指标，而是刷新关于疫情的各项数据。那段日子里，我们每个人都有太多太多的情绪，有时我几乎忘记了自己是一个病人，我是和十四亿同胞共同抗疫的中国人。因为我看到了，有出征的战士、有请战的勇士就在我身边。

有一天，我看到丹姐的朋友圈，姐夫作为党员干部奔赴一线，驰援湖北一个月。

有一天，我看到同学们都在转发，我们的一名大学同学前赴武汉做一线报道。

有一天，妈妈给我看了路彬发来的照片，他穿着一身防护服，奋战在北京疫情一线，照片上还写着"琪琪加油"！

我突然发现我们这一代人长大了，当医护人员们摘下防护面罩，有那么多青春的面庞，90后也学会了勇敢与担当。

那段日子，我们为不断攀升的死亡与感染人数揪心，但也看到了医护人员们白衣执甲的斗志与抗疫必胜的决心。我们感受到了隔离在家的压抑，也感受到了中国人苦中作乐的大国乐观。还记得那个时候全民学做凉皮,人均厨艺水平都提高了一大截;网上层出不穷的居家小游戏,模仿虫子爬行、家庭版套圈……就像柴静在《看见》中写过的一句话:"人们在还能笑着的时候,是不容易被打败的。"我们为缺少物资而担心,也为他国的"青山一道同云雨,明月何曾是两乡"而感动。我们为所有疫情中离去的人们哀悼,也向帮我们过关,守护我们平安过年的所有人致敬。

敬你们:

山水迢迢还奋不顾身

乌云滚滚还走马上任

——许飞《敬你》

隔着塑料床帘看了一会儿春晚,两位爸爸都回出租房了,病房里又只剩下我和室友,还有我们的妈妈。互道晚安,睡觉,这年就跨过去了。

初一早上,穿上了红袜子,第一份新年祝福送给了室友。房间消毒时,我们两个就一人一边坐在门口,裹着羽绒服,戴着严严实实的口罩和大帽子。一人一个手机低头摆弄。转头看看不禁觉得好笑,我在手机里写下:我和同病房的弟弟像门神一样坐门口,我们一起加油!守护健康,打跑病魔!后来我要进仓,去了单人病房,没几天室友就回家了,不知道他情况怎样,同屋住了一个多月,一直没见过他长什么样子。后来也没有了联系,但那句"新年好!"真的希望他新年好好儿的!

打开手机,着实吓了一跳,看不过来的信息都是给我的新年祝福,加起来比我前二十几年收到过的所有新年祝福都多!这一场病,因祸得福,我收获了这么多的好兄 dei(弟)!我相信有这么多的祝福我一定会好起来!我们也都相信"没有一个冬天不会过去,没有一个春天不会到来!"

初二,和二姨视频聊天,以往每年初二妈妈那头的亲戚都会在二姨家聚餐,一张热炕,放上一张大圆桌,一大家子人围坐在一块儿吃喝、聊天。有时候嫌长辈们问这问那、絮絮叨叨烦得很,可此刻在这安静的病房里,我又开始想念那份吵吵嚷嚷的热闹,想抱抱那几个可爱的小孩子,愿意把手机借给他们玩儿;想听听哥哥们酒后的"豪言壮语",趁他们酒劲儿上来打牌赢他们点儿钱；想帮妈妈和她的兄弟姐妹们再拍一张全家福……我太想吃一口大锅里炒出的饭菜！老话说："过日子就是过人。"是啊，你来我往、吵吵嚷嚷才是家，热热闹闹、团团圆圆才叫年啊！

2020真的很不平凡，我们所有人好像都在这一年成长了，我们思考了很多，关于生死、关于意外、关于过去和未来……我们也学会了很多，关于勇敢、关于承担、关于珍惜和爱……

但无论如何，病魔压不垮我们，就像海明威所说的："人不是生来就要被打败的。"我们祈愿盛世长安，亦不惧疫病侵染。我不知道，在这个特殊的时期，你看见了什么？记住了什么？你为什么感动？又为什么彻夜难眠？

但无论如何，我们都要好好过年。

"照一照"

正如"小马过河"的故事,水深水浅总要自己蹚过一遍才知道。战胜恐惧最好的方法就是——面对它。

春节过后,大家都在期盼着新年新气象,我也把手机墙纸换成了喜庆的红色图片,上面写着四个金色的大字——"鼠你健康"!不管怎么着,过年还是要讨个好彩头的。虽然我还是被限制在层流床上,四周围着透明塑料布和床帘。第一期化疗结束,脑脊液还有些残留,所以我需要继续第二个疗程的化疗。

化疗对我来说已是家常便饭,用什么药会

有什么反应，怎么去应对每一种难受，哪些天要多吃饭、多喝水，哪些天要少沾荤腥，我都门儿清。让我真正恐惧的是我从没"体验"过的放疗。两期化疗结束后，医生安排做全身及眼睛的放疗。

关于"放疗"这件事，半年多来，一直在听说，从未实践过。

2019年的时候，由于眼睛的问题，哈尔滨的王主任已经建议过我去北京"照一照"，也就是做放疗。又是一个听起来就可怕的词。

我会习惯性的逃避所有我认为"可怕"的东西，我偷偷上网查关于"放疗"的话题，有的说会烧伤，有的说会失明，有的说会损伤大脑……吓得我赶紧和妈妈商量能不能不去，医生没查出来原因也可能就是没有问题嘛。妈妈也很为难，毕竟眼睛确实出了状况。

我们还是去了北京，从听到王主任说"照一照"那天起，我时不时想起来就会感到害怕。我不想失明，更不想损伤我的大脑！从小我的记忆力就很好，看过的东西几乎过目不忘，化疗后我已经明显感觉自己记忆力和反应力都不如以前了。我需要思考，大脑就像我和这世界接触的"触角"，我用它来感知这个世界，我实在太害怕伤及我的"触角"。

从2019年5月到2020年1月，我们不知跑了多少趟北京，看了眼科又看了血液科，可结果都是一样，眼科认为是原发病的问题，而血液科做了所有的检查都找不到癌细胞浸润证据。而找不出病灶，拿不到证据是不可以给我做放疗的。

每一次从北京无事而返我都有种"逃过一劫"的窃喜，其实啊，该来的逃不掉，只是没到时候而已。你看，这不就来了。

直到1月份最后一次做骨穿、腰穿、PET-CT，终于拿到了复发的证据。我去了陆道培医院治疗，医生的方案是先化疗，后续看效果如何再考虑放疗的事。我心下稍稍缓和，想着要是化疗效果好是不是就不用去放疗。可是该来的还是会来……

2020年4月中旬，两期化疗结束后，医生通知我去放疗。护士长交代了注意事项，还推荐了做过放疗的病友，让我们可以去取取经验。

　　我和爸爸妈妈都不清楚放疗的伤害有多大，有的病友单头部放疗，看起来没什么不适；有的病友放疗后皮肤溃烂，黑黢黢的触目惊心……我要做的是全脊柱加眼睛单点放疗。我想象着放疗后的后果，我的皮肤会不会被烧焦？我的眼睛会不会睁不开？会不会伤及我的大脑？我会不会丧失语言、行动或其他什么能力？我会不会变得奇丑无比像一个怪物……

　　放疗使我前所未有地恐惧，各种担忧笼罩着我，可是，该面对的还是要面对，不是吗？与其自己杞人忧天，不如让该来的一切都放马过来，痛快一战！就像两军交锋，不能还没开战，气势先输了一半。于是，重复了一遍护士长交代的注意事项，准备好该准备的东西，咬咬牙，出发！

　　第一天去是定位、做模具。放疗的仪器像是高级版的CT机，但是床更窄更硬，躺在上面冰冷又硌。

　　正式开始放疗的前一天，我心里一直打鼓，担心皮肤被烧焦，担心眼睛外观会变得丑陋可怕，担心会影响大脑……

该面对的总是要面对，躺在放疗床上，扣好模具，听着锁扣"咔嗒"声，头部也紧紧地扣上了面具般的模具，与自己的脸严丝合缝，想动一动下巴都不能。这下是真的一点儿也动不了了，甚至没有办法喊停。机器开始工作，我偷偷攥紧拳头，尽量让自己放松。但我好像闻到了一股"烧烤味"，心里又"咚咚"打鼓。再加上模具扣得紧，身上硌得疼痛难忍，但只能咬牙忍着，这十多分钟的过程于我来说天荒地老一般。

　　第一次放疗结束，身上并没有什么异样，皮肤完好无损，眼睛也没什么变化。爸爸给我买了个U形枕，放疗完敷冰袋用，腮边敷好冰袋，戴上U形枕，凉凉的，还挺舒服。

　　我的放疗时间被安排在每天下午5点左右，正好是我一天中最喜欢的时间段。太阳将落未落，余晖洒在万物上，仿佛是太阳公公下班前给我们一天中最后的温柔与爱抚。

　　经过两三次放疗，我发现身体并没有什么不适，除了扣上模具，身上硌得生疼外，完全没有任何反应。于是，我开始观察每天去放疗路上的风景。4月下旬的河北，正是植物最有生命力的季节，身边的植物每天肉眼可见地在生长。昨天还打着骨朵的小花，第二天就灿烂绽放；浅粉的樱花落尽，碧桃又开出热烈的玫红；小栅栏里的月季一朵撑着一朵地盛开……

我开始期待着每天的放疗，期待着看到路边植物一天天蓬勃生长，看小树上一天天结出小果，看看天空、吹吹风，享受着余晖的温暖，再踏着黄昏回到病房。有时候回来的路上还要去桥上和锦鲤们打声招呼，告诉它们今天我又是很棒的琪琪哟！

有时出发晚了，怕迟到，妈妈推着我的轮椅一路小跑。我们边跑边笑，急匆匆地进入门诊楼，走过大厅，穿过门廊，坐电梯到负一层，走进一扇木质大门，拐一个小弯，经过一条小廊："医生，我们来了！"然后回去的路上慢悠悠走着，想慢一点儿回病房……

后来进仓前三天的全身放疗，换成了一张软软的病床。床边一块大大的透明玻璃，患者侧身躺在病床上，医生会在玻璃上面贴一个仪器。整个放疗过程五十分钟左右，中间会要求患者头脚调换一次方向。我除了嗓子有些发干，没有其他不适反应。我甚至每次还能睡上一觉。

所以，化疗后的我并没有什么变化，只是喉咙在吞咽时会有些疼痛。放疗后的我甚至比放疗前还要有精气神儿，我曾经暗暗担忧的一切统统不存在。我想起刚生病时害怕做骨穿，在医院大哭，病友湘子姨的丈夫开玩笑说我："你呀，病没把你咋地，你自己就能把自己吓死。"话虽糙，却是这个理儿。很多事情，不要去听说，也不要去想象，很多"可怕"都是被包装出来的，你所要克服的最大的困难，其实只是迈出第一步——面对它而已。别怕，没有那么难。

最后一次放疗结束，回去的路上我和妈妈一起笑着、唱着妈妈年轻时听的歌：

"南北的路你要走一走

千万条路你千万莫回头

......

哭一哭笑一笑不用说

人生能有几回合"

克服恐惧最好的办法就是面对它，也许并没有那么可怕呢？也许会遇见意外的风景呢？兴许还会带上一点暖阳的温度，和一点花儿的芬芳。

多爱我一点

"重生日"恰逢"5.20",生活啊,往后要不要多爱我一点?

骨穿和腰穿报告出来显示癌细胞零残留,我战胜了体内的癌细胞,我自身有了第二次移植的条件,爸爸的骨穿体检合格,于是我便顺利地迎来了第二次移植的机会。

第二次进仓移植,想来又将是一场鏖战。想起第一次移植那36日里的种种,实在害怕再经历一次那种苦痛熬煎。可我没有退路,无论前路坎坷凶险,须得再闯上一闯!

2020年5月13日,进仓。到了移植楼层,主要负责我的护士姐姐前来接待我们，核对好信息，交代了注意事项，然后开始清点我的"家当"：手机、电脑、耳机、充电线，这些是年轻人的"打怪装备"，除此外就是衣物、水杯等生活用品。一一清点完毕，物品先拿去消毒，和爸爸说再见，嘱咐他送来的饭菜要做得好吃一些，出仓那天一定要第一时间来接我！

对了，这次我不是单枪匹马上战场，由于我是二次移植的高危病人，妈妈申请了"陪仓"。和妈妈一起走进移植仓，心里也踏实不少。虽然这场仗依然只能我自己来打，但看到妈妈在身边就会心安很多。

这个移植仓和我想象的不太一样，"曰"字形结构，像是一个小套间，我住在里面，上面是小阳台，右面是走廊，以及护士操作台。妈妈就睡在右上角的位置，一张能展开当床的陪护椅上。这小半年来，已经数不清妈妈睡了多少夜的陪护椅。

那天天朗气清，房间正好面朝南，采光很不错，阳光洒在走廊的地板上熠熠生辉，阳台的窗子外面能看到喷泉和锦鲤，对面是养老院的大楼。我想要是妈妈的陪护椅旁再摆一张摇摇椅，躺在上面晃晃悠悠边晒太阳边输液也不错。可惜，我只能窝在我的"小套间"里面，不可以出门。

打开移植仓的小门，陈设都和上一次的移植仓差不多，让我眼前一亮的是——床铺被褥都是粉色的！还以为又是冷冰冰的"医院白"，没想到竟然是暖呼呼的"公主粉"。瞬间我就不再那么紧绷了，好像回到了自己的隐秘童话城堡。

我的小床正对着阳台，一面墙半面都是玻璃窗，可以直接透过两重窗子看到外面的天空和楼房。河北的五月气候很好，大部分都是晴天，偶有阴雨也会很快放晴。往往我一觉醒来都能看到一窗蓝天，白云随风从右向左轻飘飘地移动，就像宫崎骏漫画电影里的"漫画天空"，让人看了不禁心情开朗，不由自主地微笑。

就是这一窗蓝天白云给了我很大的安慰与力量。我的剧情不再是"千里走单骑"或"长征两万五千里"，而是满满的童话感，就像童话故事里模糊的苦痛与美好的边界，我时刻承受病痛，也每天遇见美好。我好像是生了病的"白血公主"，我不知道会不会有王子或骑士来拯救我，但我相信童话的结局都是美好的。

　　说实话,这次移植过程并没有想象中的痛苦,我担心已久的难受感始终没来。包括复发后的两期移植,虽也有难受的时候,但是和第一次比起来简直小巫见大巫。我甚至觉得这就是"九九八十一难"差一难,不会很难,但须得走个过场。或者我的身体很聪明,曾经经历过那种痛感,再来一次学会自动规避了。我不知道,但对比第一次移植,这次心里轻松许多。毛主席有句话怎么说来着:"战略上藐视,战术上重视。"

　　预处理后几天还是发烧了,喉咙疼得不敢说话,咽口水都要小心,做好准备迎接一波疼痛再咽。妈妈不能一直待在仓里,只有帮我擦洗身体或者我需要帮忙时才会进来。妈妈好不容易进来哄我吃药,可我连水都不敢吞咽,妈妈着急又没有办法,穿着无菌服、戴着手术帽和口罩急出了一身汗,怕有细菌感染,她只得起身走出去。委屈伴着喉咙痛,我的眼泪又一串串往下掉。我半撑着身子,侧倚在床头,一抬头看见妈妈在小阳台上正透过窗子看着我。脱下无菌服,她里面的衣服都被汗浸湿了。我们对视了一会儿,妈妈抬手握拳,用力比了个加油的手势！我知道她心里一定在大喊着："小桃子，加油啊！"

我和妈妈隔空击掌，抹抹眼泪把药忍痛吃下去，然后展示给她看空空的药盒，妈妈给我竖起个大拇指。

从小到大，吃药一直是我的"老大难"问题。小药丸一粒一粒吃，大药片掰成两半吃，吃一顿药可费劲了。不过这次移植仓里的药我倒是吃得很顺畅。晚上到吃药时间我就开直播，和我的兄 dei（弟）们汇报当天的状况，一起聊聊天，他们监督我吃药。就这样，他们陪着我每天笑着、聊着就把一堆药都吃完了。

吃完了药，妈妈进来帮我洗漱完之后，我躺好准备睡觉，妈妈也回去睡觉，之后我再悄悄和朋友一起打游戏、聊天，仿佛回到了中学时期晚上偷偷躲在被子里玩手机的时候，有点儿小紧张，还有点儿小刺激。我不再害怕黑夜，甚至有时体会不到病痛，有人陪我打怪，有人陪我吃药，有人陪我熬夜……其实，说多少句"我爱你"，都比不上一直陪伴着你。

很快，到了回输的日子。5月19日、20日、21日三天，分别回输爸爸的骨髓血、干细胞和脐带血。这是爸爸第二次给我他的"骨头油",全麻,采集了八百多克的骨髓血。采集前还和医生说"多抽点,多抽点。"看着输液管里汩汩注入我身体里的殷红,我能感受到爸爸拼了命要救我的决心。我觉得自己像是电量储备不足,爸爸用他的血液为我充电,输液管就像是连接我俩的充电线,这一次,希望我的待机时间长一点儿,持续个几十年!

  都说每一个母亲与孩子都是过命之交,我和爸爸又何尝不是呢?生病期间,多少次难受到支撑不住,想着"到此为止吧",不想再苦苦挣扎,盯着窗户只想往下跳,那样就解脱了,不再痛苦了。可看着爸爸妈妈,我又于心何忍?他们用一生来爱我,我也愿用生命去爱他们,这份爱不能减轻我承受的病痛,但可以让我有勇气和力量活下去!

  出仓那天,爸爸早早在大厅等着我,一见面我们就默契地来了个响亮的击掌!如同迎接将军凯旋,而握着爸爸的手,我笑着笑着就哭了……

  说来也巧,出仓那天正好朋友送我的一对米奇和米妮到了,爸爸带着它俩一起来接我和妈妈。6月4日,阳光热烈,暖风不躁，我抱着米老鼠，爸爸妈妈推着我去拜了拜扁鹊的雕像，谢谢他老人家保佑我平安出仓。然后我们仨唱着歌儿回到病房。

一切都是美好的样子，"重生日"恰逢"5.20"，生活啊，往后要多爱我一点哟！

烟火人间

人类的悲欢并不相通。我经历过绝望与寂寞,所以,请理解我为什么会在热闹中突然沉默。

2020年6月24日,第二次移植手术一个月后,我出院了。梦想成真,赶在6月结束前出院,以及不错过这个夏天。

河北的夏天到底不同于东北,更热,还有东北听不到的蝉鸣。在东北,夏天可以没有风扇,躺在床上,南北窗户对开,穿堂风清清凉凉的,扯过薄毯盖上肚子,就可以舒舒服服地睡个午觉。小时候在奶奶家,午后炕上铺张小被子,往上面一躺,奶奶在旁边拿一把蒲扇,一边拍着我,一边扇着风,还哼着"咦咦哦哦"的摇篮曲。奶奶的蒲扇送来清凉,还能赶跑蚊蝇,安安静静的午后,小孩子就听着风吹树梢的声音睡得香甜。而夏天最解暑的食物莫过于红彤彤的大西瓜,在新打的井水里投上一投就成了冰镇西瓜,一劈两半,再切成一片片三角形,三角形的尖尖上还是沙沙的口感,甚是香甜。

  在河北的这个夏天,我没有吃到记忆中香甜的西瓜,不知道是不是心理作用,总觉得东北的黑土地长出来的庄稼和蔬果更好吃。我也没有睡过香甜的午觉,生病后睡眠变得很轻,有一点儿声音就会被惊醒,有时睡三四个小时就会自己醒来,很少像以前那样睡一个长长的、饱饱的觉,酣眠对我来说成了奢侈。但是,不得不夸夸河北的蝉,听着蝉鸣过夏天也别有一番生气。虽然曾有一只蝉落到我的纱窗上放声大叫,吓得我赶紧叫妈妈把它弄走。但这边的蝉还是比较有分寸感的,清晨不叫,夜里不叫,不会长时间不停地叫。所以鸣蝉声声给这个夏天增添了些许生趣,还叫人怪欢喜的。

  我很珍惜这平凡的每一天,为了好好过这个夏天,我时常傍晚和爸爸妈妈挽手散步，也会去海边踩踩沙滩，还会去见附近的老友……我白天在屋子里练习走路，阳光不那么强烈的时候去楼下遛弯儿。我恢复得不错，走路走得也越来越好，一点点不用人扶着适应了上下坡，能慢慢地一个人上下楼梯了，一切都向着美好的方向在发展。

7月，我的状态一天比一天好，妈妈也有心情加入了小区广场舞队伍。一天，我和爸爸一起陪妈妈去跳广场舞，人还真不少，分好几个队伍：最热闹的莫过于秧歌队，一位大叔在前头领队，后面几人一排甩开了长长的队伍，男女老少腰系彩绸，热热闹闹地扭着大秧歌；广场舞就分为两三队，不同的音乐，不同的舞步，但有着相同的热闹与快乐；还有几人跳着交谊舞……花坛边是孩子们的天地，地面上投影出一大片池塘，游来游去的大鲤鱼，盛开的荷花，漂浮的荷叶，小朋友们追着大鱼的影子开心地玩耍；一位大爷带着音箱，拿着麦克热情地欢唱。

妈妈到队伍里去跳广场舞，爸爸去垃圾桶旁吸烟，我坐着我的小轮椅在妈妈的广场舞队伍边儿上观望。好久没听到这么热闹欢畅的秧歌曲儿了,我忍不住拍下视频发给好朋友看,开玩笑地说:"我要是腿脚好利索了,也上去跳一段儿!"

秧歌曲儿、广场舞曲、大爷的歌声和孩子们的玩闹声交织在一起,我并不觉得聒噪,我只觉得眼前这一幕平凡生活里的热热闹闹,甚抚我心。

我正沉浸在热闹中,手机震了一下,打开一看是好朋友回复的信息,是一张"哈哈哈"的表情包。除此之外,还有一条群消息,是我唯一加入的一个病友群,不到二十人,里面我只认识拉我进群的护士姐姐,平时设成"免打扰"模式,偶尔会看看新消息,却从没在群里说过一句话。

点开了,就看看吧,是一条很长很长的消息。一位群友去世了,另一个群友,作为逝者的好朋友在群里为他写了"讣告":"相伴了8个月零11天,于2020年7月1日凌晨3点50分,我心爱的弟弟尝够了人间疾苦,终归回天上,去做个健康快乐的小神仙了。"这是第一段。他们本无关联,因为白血病成了一起"抗白"的战友,相互鼓励、扶持。这个病友弟弟只有二十岁,一个性格开朗的大男孩,经历了化疗、移植、出院,又因排异入院、出院,经历了这么多的大风大浪,却被突发的腹部疼痛夺去了生命,最后的检查报告显示:胆囊炎、肺部感染、心包积液、胸腔积液……

字里行间我完全能感受到群友的心痛和不舍,我又怎么会不明白这份感情呢!一起共过生死,一个"战壕"里爬出来的好兄弟,一起浴血奋战过,彼此扶持过,一起畅想过美好未来,可突然,那个陪你昼夜不停战斗的人先走了,这心里怎么放得下呀!曾经一起畅想过的未来还未到来,那个携手同行的人却不得已松开了手,而谁的前方又不是充满无常与挑战呢?

最后群友说:"希望大家依然能够昂首阔步将抗白战争进行到底。今晚替弟弟跟大家最后道一声'各位战友,晚安,珍重!'"

看完这条消息,心里直发酸,抬头看看热闹的人群,眼前突然就模糊了,我捂住嘴巴尽量不哭出声,可我做不到。哭吧,大声哭吧,这热闹的音乐声中没有人听得见我的哭声。这是我生病以来,除了得知病情那次之外,哭得最凶的一次。我不知道为什么,这两年我也见惯了生离死别,自己也鬼门关走过数遭。

走廊里住加床那个天天打游戏的小妹妹有一天突然不见了；一直对我颇为照顾的大娘带着大爷最后看了一次松花江后，回到了海拉尔；对床的梅子姨送了我一束鲜花后，回了老家；常与我逗闷的湘子姨，最后签署了《角膜捐赠同意书》；同病房的奶奶临走前不停地倒气……为什么有那么多的人用尽了全力也没能走完长长的一生。

我早就明白了人生无常，也接受了生死有命，我以为自己看淡了生死，可那一刻，我不知道为什么还是控制不住地放声大哭了起来。

我想起自己这一路走来，我从没回头看过来时路，而真的再回头看时才猛然发现，原来我真的很难。个中辛酸苦痛无法与外人道，但一路上艰难险阻、崎岖坎坷确实是实实在在一步一步蹚过来了。

我以带病之躯，抬头看着眼前欢闹的人群，觉得人能够自得其乐过着属于自己的小日子，就是难得的幸福。

我望望天空，那个才 20 岁的弟弟真的变身小神仙去天上自在逍遥了吗？有多少人想方设法地消磨时间，又有多少人用尽了全力也挣不来一个明天。

我不知道受尽这一路苦难，最终仍败下阵来对那些离去的人来说意味着什么。我不知道最后的最后，他们是解脱释怀还是想要留下直到生命的最后一秒钟？会不会有遗憾？是回忆了过去的美好，还是憧憬着未曾触及的今后？

我第一次在群里说话，眼泪掉在了屏幕上，但我还是努力笑着打下几行字：人生无常，很庆幸经历过许多次生离死别后，我们还会想念、心疼和不舍。世界很大，我们要努力活下去，替离去的小白们多看一看这个世界。

我记不清当时具体写了什么，但我清晰地记得那天晚上，舞乐喧闹，小孩子们在嬉闹，大家的脸上都漾着微笑……我一个人，坐在轮椅上，捂着嘴巴号啕大哭，抬头看看热闹的人群，哭了又笑，笑着又哭……

与白书

这是写给白血病的一封信。

白血病：

我们如此相熟，就不问候了。还是叫你"血魔"吧，显得你厉害些。虽然几场大战你均败于我手下，但你太善于找准时机卷土重来，所以，我明白，这一次我们之间还胜负未分。

就谈谈过去这两年多时间你我之间的恩怨吧。是的，并非只有怨憎，还有恩情。对我来说，我们之间的关系亦敌亦友吧，有时候，你也像一位严师。我真的恨透了你！有时我恨不得把自己的五脏六腑都拿出来沥沥，看看能沥出来几斤苦水，而把我折磨得不成人样全都拜你所赐！可我确实还得说一句："谢谢你！"也是因为你，我思考了许多，改变了许多，而我，更喜欢认识你之后的自己。

还记得我们初相识，我在上海七院被皮肤科医生一句"这事儿挺严重的"，吓得直掉眼泪。半年未归家，你把我们仨团圆的喜悦变成了悲剧。第一次听到你的大名，我号啕大哭，我问："为什么是我？"怎么你就找上我了呢？且没有预警，也查不出原因。哭过之后，我又问自己："为什么不能是我呢？"我擦干了眼泪，接受了你向我宣战的事实。是啊，郭德纲说："雷霆雨露，俱是天恩。"我明白了人生无常，也接受了命运安排，无论好坏。

你看，我们之间就是这样，从相识起，你就总惹哭我，又让我有所感悟，再一点点变得强大、智慧与勇敢。

对了，还记得我们的一场场恶战吗？你变本加厉，露出狰狞面目吓唬我；你来势汹汹，使用各种招数攻击我。折磨起我来你毫不手软，有时我似乎听到你得意的狞笑，虽然你我力量悬殊，你攻击我有如狂风漫卷嫩草，可你别忘了，我也不是好惹的！你成功地激起了我的战斗欲，哪怕我节节败退溃不成军，哪怕我号啕大哭，又一身伤痛，我发誓必须和你刚到底！光脚的不怕穿鞋的，你让我的境遇不会再更糟了不是吗？既然我已经一无所有，那还有什么好怕的呢？

在移植仓里，你愈发凶猛，很多时候我毫无还手之力。但我学会了安慰自己，学会了养精蓄锐，学会了勇敢与坚持。我像孙悟空一般，学会了吃苦，天不怕地不怕，同时又收敛野性，学会了担当；我像张无忌一般，将"仁""侠"融于性格，历尽苦难修得武功盖世。我变得更加强大！

出院后，其实仔细想想，我有些感谢你这次的"没事儿找事儿"。遇见你之前，我曾安慰自己大家都这样，生活本就如此。我要暴富，我想去环游世界，我知道前半句是跟风，后半句是安慰。其实我对当时的日子心有不甘，又不敢改变。

此时我觉得你就像我突然遇到的一位严师，这一课，你手把手教我如何面对生命，那就是——对它忠诚到底且保持有趣。你教会我正视苦难，苦难中亦藏有机遇，可只有熬过苦难，才有机会抓住机遇。张无忌在被命运摔打的时候不放弃、不抱怨，方成其"仁"的性格，练就绝世武功。我也一样，该吃的苦都吃完了，练就一身绝技，再出去闯荡江湖，就什么妖魔鬼怪都不怕了。

谢谢你教会我的这一切，"白老师"。我本以为下课了，结束了，可为什么你在一年零四个月后又卷土重来？！

我有些绝望了，我的身体尚未恢复，你又面目狰狞、来势凶猛。

这一次，你扯掉了我左眼的视网膜，于左眼眼底突击，我没能抵抗住，你带走了我左眼的光明。我曾相信"塞翁失马，焉知非福"，我曾以为"大难不死，必有后福"，我曾感谢你带给我那么多的人生感悟……可你卷土重来没给我丝毫喘息机会，好哇，你不放过我，我也未曾将你放过！我往眼底注药，忍剧痛阻止你的扩张，我重新做化疗，我还做了12期放疗，我第二次进行了骨髓移植。

血魔，我又打败你了。可你总是这样，凶巴巴地来，又以"严师"的形象离去。我想了想，这一课，可能是你觉得我有些愚笨，一年多时间了，还没悟透其中学问，于是又来给我补了一课，这一课主要讲了欲望、慌张和陪伴……

关于"欲望"。一般人们追逐的欲望多是金钱、权力或享乐等等，但你告诉我内心的平静安然、精神世界与物质世界的平衡才会创造长久的幸福感，短暂的欢娱常会带来失落感，让人觉得无所适从。而长久的幸福感、真实的满足感、有分量的快乐都要从内心深处寻求。

而说到生命，大家都会用"渴望"一词，而不会说对生命的"欲望"。生命是每个人存活在世的证据，一个人，一条命。我受尽熬煎也要保住这条命，但我不是说"活着"就是最大的意义。有些事情值得舍弃生命，能让人视死如归的应是为爱奉献、为家国大义、为热血理想、为万民苍生，而不是因疼痛折磨。我知道有人数次进入ICU，之后身体依旧硬硬朗朗，我也见过有人手背不小心划伤感染而医治无效。生命太宝贵了，顽强是它，脆弱也是它。下面这句话我想送给所有看到此页的人："**人终有一死的话，应死得其所。哪怕斗不过病魔，你也别惯着它！**"

关于"慌张"。生病之前，网络上有个热词叫"90后焦虑"。没错，我也焦虑过、迷茫过。初入社会，没有了上学时明晰的考试成绩目标，我好像还没准备好就被时间推出了校门，正是那句"剑未佩妥，出门已是江湖"，我茫然不知所措。就在这时，"白老师"，是您出手给了我当头棒喝，你告诉我能明确知道自己想要什么，并能为之努力奔赴的人没时间焦虑和迷茫。而当我们陷入迷茫、遇到困境的时候，别慌张，向前走。生活就是拨云见日的过程，毕竟我们不是广场上算命的老头儿，推测不出命运的起伏跌宕，我们凡人往前走就是了，前路会有无限可能，可我们若停滞不前、自怨自艾，将永远看不到希望。

关于"陪伴"。相比于"我爱你"，我更喜欢听到"我陪你"。说爱你可以是谎言，但陪伴意味着，把自己宝贵的时间放在了对方手上。除了真正的爱，我想不出其他陪伴的理由。

你让我看到了一直陪伴我的那些人们有多爱我，而有人爱才显得多珍贵，我又多了活下去的理由与勇气。两次入院，你就像个大簸箕，帮我把身边的人际关系筛了又筛，第一次筛出了哪些是愿意帮助我、为我担心的人；第二次筛出了谁是舍不得我、爱着我的人。而更重要的是，你让我看到了爸妈的陪伴，作为一直陪着我的人，他们经受的苦痛、内心的煎熬、所承受的压力并不比我轻！爸妈对我的爱，能把命赔给我，不是赔偿的"赔"，他们从不欠我什么，也从不要求我什么，除了要我活着。

白血病啊，纵然你使我脱胎换骨剥层皮，你也让我相信了生命有无限可能，事情有多坏就能有多好。回头看，那些我曾认为过不去的坎儿，也都一个个地跨过去了。我不再追求一个结果，因为生命是流动的。就如浪潮，苦难是推着苦难的，情绪是堆叠着情绪的，往后若来日方长，也意味着还有太多情绪要尝，不必长时间暗自神伤，前路还有风浪要闯，当然，也有很多甜蜜要尝。

谢谢你让我成为我更喜欢的自己，我似凤凰涅槃，重新与自己相处，重新与身边的人交往，重新看待世界，重新面对生活。我变得更勇敢，毕竟跨过的坎儿多了，就知道怎么迈步了。我也不想辜负你，我不想白遭这罪，我拼过了命啊，我要成为自己崇拜的人！而且，我一直说想要"体验式"生活，你给了

兄弟(dei)，一切都会好起来

我一场不同寻常的体验，关于你我这两年多来的相处，我更愿意把它看作一场奇遇，因为是我，无论艰难，或是坦途，都是"琪遇"。

  两番较量过后，我对你竟有点英雄惺惺相惜的感觉。你放心，我会记着你教给我的一切，然后好好生活下去。我们有句老话叫："有再一再二，没有再三再四！"希望你适可而止哦。你我这段经历足够我消化很久很久了，而你没来得及教给我的，就让我自己在未来的日子里慢慢感悟吧。今后我会自己擦擦眼泪，舔舔伤疤，承让了，我们就此别过！

琪琪
2021 年 3 月 21 日

辑三

温暖的事啊

此情当记,

坠欢莫拾。

树坚强与扁鹊先生

生命与生命之间的共鸣,在祈求跨越千年的庇佑。

树坚强

它以树的形象、蓬勃的姿态告诉我:脆弱的是躯壳,顽强的是生命。

9月的初秋,在四季分明的北方,哈尔滨已经染上一丝凉意,都说"一场秋雨一场寒",虽是初秋却也感到天气转凉,尤其是傍晚阴天下起了小雨。透过病房的窗户往外看,天色暗沉,雨水滴答,真让人有点儿悲秋的伤感。我本就是一个容易因景物而悲喜的人，睡醒便看到这秋凉之景，心中不禁有些烦闷。有句话叫"人生一世，草木一秋"，突然觉得此刻的我病体孱弱，有如外面雨打飘零将落的树叶。

"咳咳……"

同病房奶奶的咳嗽声打断了我的思绪，她只是因为做农活时不小心被刨丝器擦伤了手，引发了感染，没能及时治疗，导致病情严重住进医院的。刨玉米，一场普通的农活，一个不起眼的刨丝器，竟使一个人遭受那么多的病痛，甚至付出了生命。人生无常，生命这个事儿啊，还真没地方说理去。

看到奶奶难受的样子，我的心里更加苦闷，想出去走走，但是由于下雨，妈妈怕我感冒，只允许我把窗子开一条缝。我转头偷偷地看爸爸，给了他一个可怜兮兮的眼神，爸爸知我意，走过来说："正好该吃饭了，要不我带你去食堂转一圈吧，咱们不出去。"

我回头又看向妈妈，妈妈只能无奈地同意。但临走前还是再次嘱咐，不可以到外面去。

我和爸爸下到一楼，沿着窄窄的走廊走向食堂，走到半路左边开了一扇门，通往外面。我站住不动，拽了拽爸爸的手，爸爸让我待在原地，他先走出去感受了一下外面的温度，然后回来带我走到外面。身边来来往往的有很多年轻人，应该都是给家属送饭的吧，这个天气还真没看到有病人在外面散步。

　　我本来就分不清方向，就跟着爸爸往前走，爸爸带我走上路边的甬道，在一棵树前停了下来，指给我看前面的一棵树。这棵树在这一排行道树中毫不起眼，和其他柳树没什么不同，差不多的高度，差不多的枝叶，差不多的直径，一人环抱手臂还有富余。就是这样一棵普普通通的柳树，细看之下却能发现，它树干上有一道触目惊心的伤疤，一根拉着电线杆的钢丝深深嵌入它的身体，几乎要将它拦腰隔断。我正奇怪这么深的伤痕，它竟然还能屹立不倒，如此蓬勃，触摸那道伤疤时才发现，钢丝割过的地方，都已悄悄地重新长合，树干上结出了一道硬硬的疤。现在看，这根钢丝就快要穿透它的树干，但我丝毫不担心它会倒下。因为它曾经的伤疤足够坚硬，足够支撑着它，以站立的姿态，修复新割出来的伤口。

不知道经历了多少年风雨啊，它就一边承受着伤痛，一边自我修补着树干。我不知道作为一棵树，它会不会感到疼痛，但我看到了没有一个生命肯轻易放弃自己。那我又怎能唯唯诺诺自暴自弃呢？树亦如此，人何以堪？我突然被一棵树鼓励到，心里的苦闷一扫而光。

我和爸爸给这棵树取了名字，叫"树坚强"。我们去食堂给妈妈带了她喜欢吃的大饭包，回到病房，看到我的精气神好了许多，虽然她知道我到底还是没听话出去了，但妈妈还是咬了一大口饭包，笑了。

这是我第一次进仓移植前的半个月，我即将奔赴未知的一场恶战，没有爸爸妈妈陪在身边，一人出征，面对凶险。但"树坚强"教会我要勇敢。它以树的形象，以蓬勃的姿态告诉我生命之顽强。

扁鹊先生

从 2020 年 1 月入院，到 4 月中旬，我几乎没出过病房，只有偶尔出去做CT，还被妈妈用被子包裹得严严实实，什么都看不见。这几个月过得有如身处"桃花源"之中，不知今是何世，也不知季节变换。

四月中旬，医生安排我去做放疗，放疗需要跨过半个院区，到门诊楼去做，这就意味着每天我都有机会出去"溜达"一圈。

上次出门还是穿着棉衣，盖着棉被。此时已经可以只穿毛衣外套，楼下的小树花都已落尽，准备结出小果。我错过了花期，但对周围的一切都有无限兴趣。

我是一个慢性子，做什么事情都喜欢"踩着点儿"，所以通常在去的路上，只顾赶时间，无暇细看周围的景色。有时候出门晚，为了不迟到，妈妈推着我的轮椅一路飞奔，而放疗结束回去的路上，就可以慢慢走慢慢逛。我像初到大观园的刘姥姥一样，东瞅瞅，西望望。看天也欢喜，看人也惊奇。

做放疗的日子里我几乎把整个医院都转了一遍，还遇到了一位"神医"——扁鹊。白色的雕像矗立在中医科的门前，梳发髻，穿长衫，慈眉善目，长须冉冉，手捧一朵硕大的灵芝，脚前有一块石头，刻着"扁鹊"二字，这位"扁鹊先生"看起来无比亲切，看着就是一副"悬壶济世"的样子。

扁鹊被誉为神医，想来，找他看病的人应是络绎不绝。可扁鹊雕像所在的位置是侧门，平时少有人来，人迹寥落，门庭冷清。我倒是每次放疗完都喜欢站到这边，与扁鹊先生打个招呼，虽然这个地方少人问津，但扁鹊先生挺拔的身姿和慈祥的目光，好像一直在凝视着人间疾患，保佑着苍生无病无虞。

很快到了5月，能感觉到夏天迫不及待来临的气息，而我也即将进仓进行第二次移植。进仓前我特意去拜访了扁鹊先生，悄悄和他说："您悬壶济世，治病救人，应该也看不得年纪轻轻可可爱爱的我，就这样一命呜呼了吧？拜托拜托，保佑保佑，等我好好地出来，再来看您，我们一定要再见面呦！"

然后双手抱拳，拜了三拜后，哼着歌儿向移植仓走去。

第二次进仓移植，没有想象中的疼痛难受，20多天后，我顺利出仓，第一件事当然是去看望"扁鹊先生"。那天天气有点热，阳光灿烂，我骄傲地朝他挥挥手，而在阳光照耀下这位老人家似乎回给了我一个欣慰的笑容。

咦？这会儿"扁鹊先生"怎么又成为老人家了？是啊，一

兄弟(dei)，一切都会好起来

代神医终将老去，而后辈医者前赴后继。传承着医者仁心，推动着医学进步，我知道我能再一次"凯旋"，归功于一路上陪伴我的所有医护人员们，是他们用精湛的医术和精心的照料，一次次把我从鬼门关前给拽回来。

原来，他们才是我心中神医妙手的"扁鹊先生"。

在逃"白血公主"

谢谢你们，陪我冒险，护我周全。

（注：以下行为不值得效仿）

"小宋大夫下班没？"

"下班了。"

"主任走没？"

"走了。"

我贼兮兮一笑，恨不得一下子从床上蹦起来，奈何没力气，只能小心地坐起来蹭到床边。爸妈对视一眼，无奈又好笑地叹气摇头，妈妈帮我换好衣服，扶我下床，再次和我确认："你确定要去吗，可以吗？"

妈妈总是这样,不太想让我做的事到最后关头也要再唠叨确认一遍,虽然她也知道,这并没有什么用,也可能是想坚定一下自己的决心。

"嗯嗯嗯,快走快走。"我迫不及待地催促。

"好吧,走!"妈妈当时的表情可谓大义凛然,竟让我感到一种壮士出征的悲壮。妈妈总是这样,拗不过我的事,到最后都变成心甘情愿地全力支持。

这是我们仨约好的,如果我各项指标都还可以的话,就带我吃一顿火锅。天知道住了一个多月的院,我是白天想夜里哭,做梦都想吃火锅!

爸爸在前面"探路",妈妈领着我跟在后面,就像小时候不想上课,妈妈帮我请假,带我出去玩,还要小心谨慎,怕碰见熟人。母女俩做贼一样"偷得浮生半日闲",那种小紧张和小刺激至今想起来都不禁让人莞尔。

终于"逃出"住院大楼,一路奔赴心心念念许久的"哈尔滨碳火锅"。可惜,那家店已换了招牌。那是我特别喜欢的一家火锅店。上大一那一年,我过生日去看了开心麻花的舞台剧，那时候沈腾还没长在全民笑点上，《夏洛特烦恼》还没上映，大家也不认识"马什么梅"，散场后下了特别大的雪，爸爸带我吃了这家火锅。屋外簌簌地下着鹅毛大雪，屋内高高的铜锅蒸腾着温热的食物香气，回味着笑泪交错的剧情，氛围配合得刚刚好，口腹的欲望也都得到了满足。

老店改头换了面，只得就近找一家"老北京火锅"，爸爸妈妈不敢让我吃太多佐料，于是这顿火锅就变成了"清水煮菜蘸芝麻酱"，我一声不吭，闷头儿吃了足足半个小时。

吃饱喝足乘月而返，小心地上楼回病房，第一次"出逃记"圆满完成。

因肺排住院的那半个月，也不知道是药物浓度不对了还是"鬼摸头"了，见了天儿的不高兴，几乎每天都得掉几滴眼泪，就像体内被什么装满了，要放出些泪水缓释一下空间，心里堵得跟什么似的。

好不容易退烧了，不咳了，药量也减了，我评估了一下身体状态，然后可怜巴巴地提出了晚上回家住、白天来医院输液的请求。这可让妈妈犯了难，都说"肠排要钱，肺排要命"，她不敢就这么带我回家呀。

妈妈从来不是"虎妈"。小时候作业没做完，说好第二天早上叫我起床补，结果我睡到自然醒，看见妈妈蹲在床头柜边，正在帮我补作业。高三的时候住校，每次打电话她都会嘱咐我，别太拼了，早点儿睡，考什么样都没关系，累了就歇会儿。亏得班主任让她督促我学习，当真是"嘱托非人"啊。

不过这次她连哄带骗地拒绝了我，哄了一天又一天。我饭吃得越来越少，眼泪掉得越来越多。其实也没什么难过的事，可这情绪怎么也控制不了，仿佛泡进了一个盛满委屈的大罐子，从里到外，从头到脚，都浸满了委屈。

看我这样妈妈是又气又急又心疼，皱着眉头红着眼圈，出去打电话，过一会儿又展眉进来了，蹑手蹑脚地拨开病床的帘子，悄声拍拍我说："走吧，今天带你回家住。"我立马"嘭"地一下坐起来。

"你确定你要回去吗？"正当我想下床，妈妈又问了这么一句。

又来……

我没回答，但五官替我做出了反应，我感觉到，我的嘴一瘪，鼻头一紧，眼眶一热……"好了好了，换衣服，你大哥（爸爸）收拾好家里就来接你。"

天黑了，该下班的都下班了，但为了保险起见，妈妈带着轮椅走电梯，"大哥"（爸爸）背着60斤的我"噔噔噔"地走楼梯下三楼。

出了住院楼，我要下来等妈妈拿轮椅，"大哥"（爸爸）把我往背上一掂："哪有偷跑还光明正大坐轮椅的，让人逮住了咋办？扶好了快跑！"

话音未落，"大哥"（爸爸）已健步如飞，背着我直奔停车场。夏末的傍晚还有丝丝凉风吹过，蝉已经叫得没那么响，暖黄街灯下，几无人影，只有一个父亲在小跑，背上的女儿咯咯笑。

把我放上车，"大哥"（爸爸）开始教育我："你还有脸笑，没见过你这么当病人的。"

我不甘示弱："你这家属也不咋靠谱。"

"嘿，你个小兔崽子……"

"谁说我姑娘呢？"妈妈也一路小跑赶来了。

我们仨相视哈哈大笑，异口同声："赶紧走！"

一路上我唱着歌望着窗外，三只手习惯性地握在一起。

车窗打开一条小缝，夏天的风啊还真神奇，把我从里到外，从上到下，浸的那些个"委屈"通通吹干抚去了。

回到家，我的小屋早已消好毒，放好空气消毒机。嘻，这两个我最爱的人呐，总是陪我冒险，更护我周全。

第二次"出逃记"圆满完成！

这两年我们仨数不清多少次"逃"出医院，"逃"过凶险。医院大门进进出出，生死边缘徘徘徊徊，他们俩把我宠成了"小公主"，我希望永远都不要"逃"出他们的掌心。只不过我希望，以后我们仨再一起去冒更多险的时候，换我来护他们周全。

头发

落发三次,各怀心事。

第一次

第一次落发,是在我还不知道病情的时候。

那是2018年的7月,在哈尔滨,我住在四人病房靠窗的那张病床上。身上疼了好几天了,终于在傍晚的时候有所缓解。我吵着要洗头发,过肩的长发被我绾在脑后,由于发烧难受,已经很多天没有梳洗过了。爸爸妈妈拗不过我,于是我躺在床边,他俩一个人拖着我的头,一个人洗着我的头发。这VIP服务的架势并没让我感到多舒适，倒是整个脑袋一直在发麻。我暗自窃喜，这麻酥酥的劲儿可比头疼恶心舒服多了，当时我还不知道，这可能是头发不忍掉落的挣扎。

洗一盆水掉了半盆头发，我以为是好几天没洗头的缘故，所以没太当回事儿。其实妈妈当时就没敢用力洗，草草过水后，擦干帮我拧了个丸子头。那会儿他们还没想好，该怎么跟我解释掉头发这件事。

第二天一早头皮痒得厉害，我伸手去摸，尽是枯草一般的触感。我让妈妈帮我梳头，她也只是轻轻拿梳子顺了几下，用手一抓，就抓下来一团一团的长发。小时候妈妈最爱给我梳头发，她会买五颜六色的小皮筋，给我扎双马尾，然后用不同颜色的小皮筋，把马尾辫一节一节地扎起来，叫"节骨辫"。每次梳完头她都要捧着我的小脑袋认真欣赏一番，还不忘说一句，真好看！左右一边各一条小辫子，可喜庆了，一摇头就像一个拨浪鼓。可那时候，她梳着我一碰就掉的长卷发，该有多心疼呀！

我的头发越掉越多，再多的发量，也禁不住每天一大把一大把地掉。妈妈找来小宋大夫做说客,小宋大夫来说:"你要不把头发剪了吧,过几天就长回来了,现在这头发还和你抢营养,营养都给头发了,病怎么能好呢?"

听人劝,吃饱饭。我没剃光头,而是把长发剪成了齐肩短发。为了照顾我的心情,爸爸妈妈特意从理发店花50元请来一位Tony老师(美发师),上门帮我理发。结果一套洗剪吹下来,我的头发只剩下薄薄的一层。

理完发轻快了不少,不用每天顶着沉重的丸子头睡觉。我把头发分成两拨,用小皮筋在耳后扎个小辫子。小辫子一天天变细,每天早晨醒来,枕头上都是一堆头发,没几天最细的小皮筋也扎不住头发了。那时的头发"簌簌飘零",稀稀落落地漏出白色的头皮,我自嘲这造型活像《神雕侠侣》里的裘千尺。

青丝飘落,自是难留。那一天赶上"心直口快"的护士姐姐上班,输液的时候劝我道:"要不你就剃了吧,剩这几根也不好看,还掉得哪儿都是,剃光了几个月就能长起来,还长得更好。"

听人劝,吃饱饭。爸爸买了个婴儿电推子,亲自给我理了光头。

　　我没扭捏，也没掉眼泪，就是电推子触碰到头皮的瞬间，还是心疼了一下。不过，我还感觉蛮酷的，若不是这样，我可能这辈子都不会下得去手理一次光头，还挺新鲜。而且头发不也叫"烦恼丝"吗？这么一剃，就消愁了。而且我也不是什么大病，头发没了而已，就当作和上天做个交换吧，头发我不要了，只要这次这番折腾是虚惊一场就行。可惜，这笔买卖并没有谈拢。

　　都说"身体发肤，受之父母"，我没有保重好身体，也没保留好头发。但我知道无论我有没有头发，再憔悴狼狈，只要我还能笑一笑，在父母眼里，我永远是他俩最漂亮的大宝贝。

第二次

　　第二次落发是复发后入院，开始化疗之前。

　　那是 2020 年的 1 月，我的头发已经留了一年多，一头可爱的小卷毛，已经可以扎成半个丸子头了。医生要求先理光头，以防感染。

  一年的时间或许并不长，但是对于头发的生长速度来说，一年的时间足够漫长。那时我每天盼啊盼，念啊念，看着头上冒出黑色的发茬，慢慢有些扎手，渐渐看出来卷曲的发梢，一点点覆上额头，然后可以扎起一个"冲天揪"，直到可以绾成半个丸子头。这不光是我的头发，也是我一天天盼望着越来越好的希望和坚持。我多么努力地要好起来啊！可怎么说复发就复发了呢？怎么就又要剃光头了呢？好心疼呀，好委屈呀……

  理发阿姨前后来了三次，三顾病房问我是否剃头。后来护士长亲自来劝我，我含着眼泪拽着老韩（舒服），瘪瘪嘴说我不想剪，我想去敦煌看莫高窟，我想到大沙漠里去看星星，我想拍很多漂亮的照片。她说："去！等你好了咱就去。"

  这次她没说带我逃跑，我知道了，得剃头。

  与生命相比，头发固然不值一提。但那个时候的我，不知道舍弃了头发，是否就能保住生命。如果有那么一天，我希望走得体面一点，漂亮一点，至少别是个光头。

  可是世界上最美好的不是体面的外表、漂亮的容貌，而是希望。只要还有一线生机，就别放弃，永远还有希望，永远向着未来。更重要的是，爸爸妈妈、亲朋好友，还有关注我的网友们，陪我一路走来，给予我那么多的爱和善意。我是他们的希望，怎么可以让他们失望？！

理发阿姨最后一次来是春节放假前，说实在不行就过完年再剃吧。我努力下了下决心，咬咬牙说："今儿就今儿吧。"

总是要剃的，别等到正月里了，就当是为了舅舅们，正月前把头发剃了吧。

舍不得，但是用头发换一个希望，还是很划算的，对不对？头发可以再长，但不能断了希望。

第三次

第三次落发是在家休养阶段，第二次移植后的第 115 天。

那是 2020 年的 9 月。头发摸着都毛茸茸的了，但是妈妈说长得密，就像小婴儿剃胎毛一样，剃一遍再长就硬实，长得更快更好，我欣然同意。提前半个月我们就买好了电推子，等着一头小绒毛长够长度，于是，我每天像观察植物一样观察头发的长势。

终于头发长够了长度，可以剃了，一大早，我便迫不及待地坐上轮椅，到穿衣镜前，围上桌布，用小木梳象征性地梳理两下，开剪。妈妈在一旁录视频，爸爸电推子一开，气氛到位，喜庆欢腾。我心里直想起大秧歌和闹元宵的旋律。不错不错，爸爸手艺比两年前精湛不少，客户很满意！

望着镜子里的小光头，我竟然觉得比曾经长发披肩的自己更好看！因为此时的琪琪，又一次战胜了凶恶的病魔，度过了那么多艰险，现在的她更加闪闪发光。

就像一次次剃光头发，我一次又一次重生，每一次新长出的头发都不一样，每一次新生的我也都变了模样，无论是外表，或是思想。生病至此，说我是脱胎换骨剥了层皮都不为过，我不再浅薄地只关心自己身边的事情，在做选择的时候不再因在意他人的看法而纠结利弊，也不再无谓地焦虑和恐惧……

我学会了与生活和解；学会了去爱，包括爱自己、爱他人、爱这个世界，以及如何去表达爱；学会了对自己忠诚，不再怯懦。我变得更加勇敢，也更加柔软，我依然愿意发现这个世界的美好，也仍热爱去未知处冒险，体验不同的生活方式，然后回归于自我，感受美好，原谅所有。

  我比曾经任何时候都更喜欢自己，也比曾经任何时候都更期待重新长出头发，无论是直发，还是一头小卷毛，我都喜欢。

人生大事"吃喝"二字

对美食的热爱,往往来自对生活的热情。或者说,对生活的热情,也可以来自对美食的热爱。

"能吃是福",此话不假。最起码,"能吃",代表你身体还不错,胃口还可以,心情也不差。而这些可不就是福气嘛!

或许我是个没福之人,小时候倒是好吃,尤其是猪肉,肥瘦均可,做法随便,大口大口吃肉,把小脸蛋吃得胖嘟嘟的。后来越长大对饭越不亲,我体重最高时候也只有九十斤出头,常年维持在八十六七斤。其实我饭量还可以,可是挑食挺严重,用妈妈的话说就是"这也不吃,那也不吃"。碰上喜欢的饭菜,能吃上几大碗;不喜欢的饭菜,几口就饱了。

很多时候,我觉得"饭"这东西不过是为了饱腹,不饿就行,可口更好。我不太喜欢饭局,也不怎么喜欢聚餐。我可以为了游玩或赏景翻山越岭,但我不太愿意为了一顿饭行几公里。

但我自己也没想到,在我最艰难的那段时光,是对美食的渴望让我撑过了一天又一天。

刚生病时回到哈尔滨,我与家乡的重逢是从味觉开始的,灌汤包、排骨炖豆角、辣白菜,还有师大夜市的小吃……住院一周,把想念的味道都吃了个遍。我让爸爸帮我买了一个日记本,在第一页我抄写了作家刘瑜写给女儿的书《愿你慢慢长大》中的一句话:"愿你有好运气,如果没有,愿你在不幸中学会慈悲。愿你被很多人爱,如果没有,愿你在寂寞中学会宽容。愿你一生一世每天都可以睡到自然醒。"可接下来,我写的都是些想吃的东西:锅包鸡柳、烤鱿鱼、金枪鱼拌饭……

用激素的时候,在药物刺激下食欲会特别好,总感觉饿,恨不得一天吃五顿饭。于是每天总想着吃什么,每天最常逛的就是烹饪平台，收藏几十份食谱让爸爸变着花样儿给我送饭。每天早上五点多就被饿醒，天还没亮，偷偷吃点香肠或面包垫一垫肚子，然后眼巴巴等着爸爸送来早饭。虽然有时没控制住就会吃多，肚子撑得圆滚滚的，腹胀了还要吃些助消化的药，滋味也实在不好受。但是，能吃的日子，是很开心的日子。

在移植仓里时，最难受的几天我几乎粒米未进，恶心到恨不得五脏六腑都吐出来。完全没有食欲，看到饭盒就吐。之后的很长时间，我都听不了"小米粥"三个字。但是，没有胃口不代表就真的不饿。那几天，我几乎每天晚上都会做梦吃东西，有时是几百人的酒席，有时是满满一桌子的山珍海味，梦里的我专挑肉吃，抱着一个大猪蹄子大口大口地啃。那几天，我更愿意睡觉，因为梦里有东西吃，白天就佝偻在床边，一分一秒数着日头何时落下，好去梦里认真地吃顿饭。

后来我喜欢上了看吃播，食欲好的时候，看着别人吃东西，等着我自己的饭；吃不下饭的时候，看着别人吃饭，刺激自己的食欲。看着主播们大口吃饭，到处探店，自己的心情也跟着好起来。就像我从没想到，有一天我会为一顿饭而欢呼和流泪。在医院身体较弱的时候，当爸爸送来可口的饭菜，我可以摇头晃脑边大口吃边给爸爸竖大拇指，大声夸赞"爸爸棒！"当饭菜不合胃口时，委屈地直掉眼泪，恨不得自己飞到厨房做饭。虽然我不会做饭，但是每次住院我都会有一个理想——当一名优秀的厨子！

太多时候，我都是咂巴着嘴想念着吃过的美食，一边咽着口水，一边告诉自己再坚持坚持！鼓浪屿的起司马铃薯、扬州的藕粉圆子、镇江的狮子头、肴肉面……我有很多次快要坚持不住的时候，就因为还想再尝一尝这些味道，我又能再撑一下下。

躺在病床上的时候，我有时会想，我们大部分人每天劳心伤神到底在忙什么，每个人都有自己的欲望：功、名、利、禄，荣华富贵……但是当只剩一副病体躺在病床时，所有漂浮的欲望都消失不见，只想饱一饱口腹而已。

唉，人的欲望怎么那么多，又那么难满足啊。当欲壑难填，或怀才不遇的时候，不妨痛快地吃吃喝喝吧。很多时候，食物不只浅尝在味蕾，还混合了当下的情绪与状态。

苏轼年少成名，二十一岁名动京城，可谓少年得意。但后人记住的多是苏轼的诗词文章和他超旷豁达的性格。

"乌台诗案"后，苏轼躲过杀身之祸，开始了被流放的生涯。"问汝平生功业，黄州惠州儋州"，苏轼遭受贬谪，可谓历尝人间疾苦。而他这一路上不但创作了著名的"一诗两赋"，传授先进的农业技术、兴修水利……作为"吃货"的苏东坡更是被后世传为佳话，被贬的失意、坎坷的经历、人生的落差等，都在他遇见的美食中被治愈了。他做的"猪肉赋"流传至今，成了人人称赞的"东坡肉"；岭南地苦，但他有"日啖荔枝三百颗，不辞长作岭南人"的雅致；到了海南，他又发现了鲜美可口的扇贝……

不知是他对美食的热爱治愈了跌宕的人生，还是他对生活的热爱激发了他对食物的兴趣。他"自笑平生为口忙"，可当个厨子又何妨？

"人生大事，吃喝二字"。小时候花一下午时间拌豆馅儿，比脸盆还大的盆子里装满了烀好的红豆，再放上一大包白糖，用豆杵用力搅拌，偷偷用手指挖一点放进嘴里，真是无比香甜！家人围坐在一起包粽子，用马莲扎好一只只粽子，下锅大火烧一个小时然后焖上一宿，第二天早上一起锅，白茫茫的热气蒸腾出来，沁得满屋子粽叶香！油条要切出等量的面块儿，抹上油用手掌捻长，再拿起来抻一抻，甩一甩下油锅，油"滋啦"一声，香味就出来了！

长大了，日子过好了，豆馅三两下就拌好了，粽子蒸一蒸就熟了，油条揪几下就成型了，可再也尝不出小时候的香味儿了。日子过得越来越着急了，成天嚷嚷着忙，要干事业不能浪费时间，可能记得的时间越来越少了，故事越来越寡淡了……你说，什么才是大事？什么才有意义呢？

"对付一口得了。"

日子应该越过越有味儿，怎么就越长大越漫不经心了呢？三餐外卖终不如家里开火，日子也要熏着点儿烟火气才踏实。

"能吃"还真就是福！对食物用心，就是对生活不辜负。

道培三宝

道培有三宝：锦鲤、月季、青青草。

当你不用再考虑每个月的KPI，不用再忙于工作、学业和应酬，减少可有可无的社交，你会发现天地万物原来如此可爱。

屏幕里的世界或许精彩，过了眼，快感停留的时间十分有限，而天地万物的可爱，过了眼，便入了心，留下的是历久弥醇的情感。

锦鲤

道培院里有一河锦鲤，肥肥滚滚，活蹦乱

跳,以红白相间者最多,又有金玉一堂,间之几尾墨色,着实招人喜爱。许是常在桥边喂食的缘故,鱼儿们喜欢聚在桥下边的位置,从不游往远处,在水面聚成一团方圆几米的锦鲤色。

我和鱼儿们相识于 4 月初,正是乍暖还寒的时候,连续发了几天烧,自己也吓得够呛。毕竟对于白血病患者来说,连续发烧可不是什么好现象。好在体温一天天恢复正常了,要去门诊楼拍个 CT。在病房里憋久了,感觉外面空气都是香的,真想在蓝天白云下蹦蹦跳跳啊!甚至想把病床搬到外面去!

于是做完 CT,我可怜巴巴地求爸爸妈妈带我出去"放放风"再回去。看我实在是憋得可怜,爸爸神秘兮兮地说带我去看鱼。到了桥上,我坐着轮椅,透过栏杆镂空的部分向下瞧。嚯!好一群鲜艳夺目的大胖鱼啊!我还穿着棉衣,它们倒是游得活泼自在,好像春天都想从河里慢慢探出头探到岸上来似的。2020 年春天的到来,是这一河锦鲤告诉我的。

生病以后,说想图个好彩头也好,给自己个心理暗示也罢,特别喜欢接触喜庆的事物。比如因为卖枣的一声"枣吃枣好枣回家"的吆喝,我就买了两包枣;罐头要吃"桃"罐头……自古锦鲤便象征好运、福气和如意，所以一有机会出门，我就去桥边趴在栏杆上看锦鲤，吸一吸锦鲤的"欧气"。看着它们"噼里扑通"地上蹿下跳，有的摆尾四处游荡，有的吐着一圈圈泡泡，还有的静止在水面仿佛在"思考鱼生"。我的心情也跟着活泼起来，仿佛真的有"锦鲤好运"加身，一股温暖积极的感受流淌着遍布了全身。

随着天气转暖，河岸边栽种的桃树也开花了。不似樱花的淡粉，院里栽种的碧桃开出的是簇簇玫红色的花朵，颜色更饱满浓艳。桃花、鲤鱼一相和，搭配得当真是好极了。

戴叔伦曾有诗曰："兰溪三日桃花雨，半夜鲤鱼来上滩。"河北这一年雨水不多，但之后偶尔夜里醒来，黑暗中想到这一河锦鲤，嗅着一树树碧桃花自在游弋，我又能安心地继续睡了。

出仓后，我迫不及待地去看望"阔别"了22天的鱼儿们，可桥下却变成干涸的河道，连水都没有了，更别提我的小锦鲤们了。还没来得及分享我出仓的好消息，鱼儿们怎么踪影全无了呢？

锦鲤归来是在 7 月下旬，河道又蓄了水。那时我因肺部排异再次入院，发烧咳嗽不断，还哭唧唧去做了支气管镜。加之数日天气阴沉，情绪也有些不好，总有说不出的委屈感，哽在心头，眨巴眨巴眼就想掉眼泪。

一天下午爸爸说小鱼回来了，要带我去看看。

确实是我的鱼儿们回来了！但方圆几米的那团锦鲤色，如今只剩下二三十尾慢悠悠活动的鱼了。灰蒙蒙的天色下，鱼儿的颜色好像也黯淡了许多，更添凄凉。爸爸不知什么时候摘了朵红色的野花，往河里一掷，一条金色的鲤鱼摆尾而来，"吸溜"一口，香花入腹，然后惬意地游开。原来"鲤鱼吃花"的场景如此生动美妙！

或许之前的凄凉感只是我庸人自扰吧。天空飘下了雨丝，水面上泛起一圈圈涟漪，鱼儿们游得更欢快了一点，似在和雨滴逗趣，又是另一番雨打池塘的闲适恬淡的氛围。心情好多了，深吸一口气，和鱼儿们挥手再见，乘着细细的雨丝回病房，安心睡下。

月季

月季在道培院里随处可见，且品种繁多。初入道培是在一月，冬日白茫茫的天空，满目萧索。但我的"满目"不满，那时左眼视力全无，右眼大概只有三分之一的视野范围。且当时的我也没有心思打量各处，至于"萧索"应是彼时的心境使然吧。

4月中旬，我偶遇了第一朵月季花，开在嫁接的小树冠上，红红的一大朵，乍一看还以为哪个顽皮的孩子插上去的。我不喜欢这种嫁接到小矮树上的月季，总觉得张冠李戴，有点不伦不类的样子。尤其是早春时节，这圆圆的树冠上，绿叶丛中单一朵红花，看起来还有些滑稽。毕竟河北的4月不是月季开花的季节。到了5月，这些树冠上均开出一团团大朵的月季花，小树变成了"镶满"月季的花球，有淡粉的花球、火红的花球、玫粉的花球，开得热闹极了！不但不滑稽了，还挺好看的呢！

6号楼前的花圃里还种着一片贴着地面生长的矮小的红月季。我就住在6号楼，这片红月季给我的印象就是一片"衰草枯枝"中慢慢开出一片红花，花朵也不大，枝子也不高。比起嫁接到小树上的花瓣繁复肥肥大大的月季，它们就是矮矮的且瘦小的小红花。

但我曾以它们的花期计时，入院时我悄悄许了个愿望，希望我能看到这片月季开花。还好我们都挨过了寒冬，它们在5月如期绽放，我也如愿看到了一片鲜红的月季花，瘦小却也按时生长，自由自在开放。

其实我最喜欢的，是门诊楼侧面白色小栅栏围起来的那一丛月季。既不是嫁接在树冠上做张扬的花球，也没贴地开着低调的红，就是我们常看到的传统月季。但栽种的是不同颜色，红的、黄的、白的、粉的……颜色深浅也各不相同，可开在一处不觉杂乱吵闹，反而像商量好似的，颜色搭配得恰到好处十分和谐。每一朵都开得认认真真，凑近一嗅，馥郁满怀。

每天去放疗的路上，我都要去看看它们，甚至因为能看看它们，我竟期待着每天的放疗，全顾不上担心放疗可能出现的种种反应。这些月季就这样陪我做了十几期放疗，我没有变黑，没有皮肤溃烂，我在想是不是有花神偷偷保护着这个爱臭美的姑娘，虽没生得"花容"，至少也逃过了"毁容"。

月季，月季，一月一季，一期一会。今天你看它要落了，没几天又开出新的。那丛月季从陪我放疗，等我出仓，到送我出院不知已开过几遍，颜色换了又换，但总似商量好的，搭配和谐且美观。凑近一嗅，馥郁满怀。

一季又一季的花开，胡适先生说："昨日种种，皆成今我，切莫思量，更莫哀。从今往后，怎么收获，怎么栽。"道培的这些月季似乎也告诉我：苦难有时，得意有时，岁月漫长，不必慌。

青青草

它知我心有野马，带我寻了片草原。

7月，又是一个烦人的7月。整个7月没几天像样，尤其是月中，因肺部排异再次住院后，整个人的情绪脆得像薄薄的玻璃，一碰就碎。谁和我哪句话说不对了，马上委屈得跟什么似的，心里也酸，胃里也酸，吃不下饭，涕泪涟涟。

情绪爆发是去做支气管镜那天，去的路上爸爸用轮椅推着我，我侧身握住爸爸的一只手，眼泪就憋在眼圈里，一眨眼，泪珠儿落下，滑进口罩里。我把口罩向上扯了扯，低下头，不太想让别人看见我哭。经历了太多疼痛，一个支气管镜是不至于把我吓哭的，可为什么会流泪呢？我自己也说不上来。

　　刚刚和我一起做雾化吸麻药的小弟弟检查完出来了，也没怎么样。可我一进到检查室，也顾不得医生和护士们怎么看我，直接先哭为敬！躺到处置床上，有护士在一边按着我，并嘱咐我说，过程中不可以说话，实在难受，可以抬手示意，尽量忍住。

　　我手紧紧攥着消毒单。管镜从右侧鼻腔进入，探至喉咙再往下时有明显疼痛和呕吐感，我只能发出"嗯嗯"的声音，头不能动，身体随着呕吐反应一抽一抽的，那是一种连喊叫都不能的无力感。我深刻地体会到了什么叫"人为刀俎，我为鱼肉"。

　　无比漫长的几分钟终于结束了，过程很痛苦，但做完了也就没什么痛苦感了，甚至比起半年前左眼球内注射的那一针来说，这点痛苦感都不值一提。可爸爸进来，从处置床上把我抱下来那一刻,眼泪又噼里啪啦往下掉,其实没那么难受了,但为什么哭?我说不上来。

回病房的路上,妈妈先回去消毒,我还抽抽搭搭没缓过神儿来。爸爸神秘兮兮地说:"我带你去大草原哪!"

此时正值7月下旬,正是呼伦贝尔草原水草丰美的季节。高考后的暑假,我和最好的朋友一起去了呼伦贝尔大草原。在呼伦湖上游船,在一座叫"满洲里"的小城四处游荡……

那时的我们只有年少轻狂,梦想游历四方,尚且不懂何为病,何为苦,更料不到几年后我竟会久卧病床……

我还没反应过来爸爸已调转轮椅朝反方向走去,只走到大院深处,穿过一扇蓝色的大门,嚯!还真是"大草原"!这里有一大片草坪,实际是一个小停车场,草坪边上停着一排排车辆,一个人也没有。出奇的安静,有种恍若隔世之感。

"看,大草原吧。"爸爸在背后嘿嘿笑着。我"扑哧"笑了出来,虽然名不副实吧,但闻着清新的青草味,望望远处的高楼,这还真就是个"世外草原"。没有骏马,不能驰骋,爸爸推着我的轮椅绕了一大圈,不时加快脚步,让我感受风。我不哭了，还咯咯笑出了声。心情如天气般由阴转晴，至于为什么，我也说不上来。

回去前，我眼疾手快地抓拍了一张照片：天边边浮起一层淡橙色的薄霞，向上过渡至淡蓝色天空，那片淡蓝色上挂着一弯锃亮的银月牙，一架飞机刚好驶过。

这是"大草原"给我的安慰，是爸爸给我的小辽阔，是傍晚时分人与自然的浪漫：飞机路过月牙，树梢亲吻着晚霞。我回到病房不急躁了，不再脆了，做了一个温柔的青草味的梦。

京牌，公证处

他们只顾奔赴，切断了所有退路。

车牌

医院6号楼前有一个小型停车场，什么时候路过那里都满满当当的。我每次走过，好像是在检阅不同的车辆，无论型号或是牌照。在这里，你能找到来自绝大部分省市的车牌：京、黑、津、冀、琼、赣、贵、蒙……这些车的主人都是从四面八方奔赴至陆道培医院来看病的。这里有几万块的代步车，也有上百万的豪车，密密匝匝地挤在一处。每次经过我都会好奇地打量车牌,看看都有哪些省份的车就知道来自哪些省份的病友。

巧的是,一天我看见了一块"黑N"开头的车牌,是黑龙江的老乡,我们还有过一面之缘。从哈尔滨到北京的那天,我们在一个高速服务区碰过面,当时天色已晚。他们从早上6点钟开到这里,只短暂地歇了歇脚,又继续出发。我们到赤峰歇了一晚才继续赶路。

没想到在道培看见了他们的车,幸好他们那天日夜兼程地赶路平安到达,但也不知这么急地奔赴医院,那位病人可还安好?

我每天傍晚去放疗,半个月左右的时间总看到一辆挂着京牌的灰色路虎一直停在同一个地方,旁边的车辆换了又换,只有它满身灰尘停在那里一动不动。我进仓22天,出来后回病房的路上,看到这辆车依然停在那里,车身上的灰使它看起来很落寞,车轮上的泥巴似乎在还原着它载着主人一家一路狂奔求医的坎坷。它的主人已经至少一个半月没有启动它了,或者是更长的时间……

它就这样静静地等在那里，无论旁边的车辆换了又换，进入医院的人来了又走，它仿佛古时忠义的老马，日日盼着能带着主人和他的家人们一起回家。

后来有次我去门诊楼做 CT，发现这辆车不见了，是载着主人和康复的家人回家了吗？应该是载着主人和康复的家人回家了吧。我希望有一天，在一处风景秀丽的地方，我能重逢这辆车，我会敲下车窗打个招呼，告诉它的主人："我记得你的车牌，我们曾在道培住过。"

公证处

2021 年 4 月，我已经出院 9 个月了，租住在医院附近的房子里。我的排异反应比较多，后续的花费也不少。医院账户里的钱已经花光了，于是妈妈决定把老家的房子卖掉。

这个时候的房子不值钱，办手续应该也很麻烦，我劝她再等等，她怕用钱的时候拿不出来，还是决议低价卖出。

为了照顾我，不用亲自回家办手续，妈妈找了委托人，在

兄弟，一切都会好起来

这边，她则需要去公证处开证明。公证人员问她为什么不回当地去办理，妈妈回答说，陪孩子在这边看病。公证人员脱口而出："在道培吗？"妈妈点点头。公证人员一副了解的表情说："我们去过道培很多次了。"

妈妈回来和我说，听到公证人员那句，"我们去过道培很多次了"，她眼泪一下就噙满眼圈，忍住没哭。回想在病房住院的时候，仔细想想每个人都不容易，太多人选择变卖家产为了给生病的家人买一线生机。

很多人操劳一生也不过就为了买一所自己的房子，好像房子的意义就是家，或者说是穿越在人海之间的底气。妈妈是一个过日子比较"仔细"的人，住了将近20年的房子，说卖就卖，她一定很难过吧。但我没想到的是，她和我说她没有舍不得，只要我能好起来，她就有家，要是我没了，她就什么都没了。我们约定，等我恢复体力后，我们可以一个地方接着一个地方去游玩，去生活，不必拘泥在某一个地方，先好好看看这个世界。

其实我想对所有迫不得已卖了房子的人说，买房不过是

70年长租，没有房子的人啊，走到哪里都像流浪，没有房子的人，飘到哪里都能扎根成个家。我愿意和爱的人一起"流浪"，我们是家人，无论有没有署自己名字的房子。

所有的奔赴都有尽头，切断退路亦是前程万里。

乡愁

故乡，是你后来在远方遥望，所以不曾回去却总在梦里相遇的地方。

生病两年，有时候觉得自己越来越像一个老人家，包括身体状态和心境。

每每出门遛弯儿，看到拄杖或坐轮椅的老人，视线交汇的刹那，我很能明白那种连走路都力不从心的无助感。生病了的身体，和老去的身体差不多，可能还更麻烦一点。

在小区里，常看到有老人独坐一处发呆，在想什么呢？活了一辈子，青丝熬成白发，几十年的光阴岁月，可够回忆上好一阵子；而我青丝熬成了秃头，走过的也只二十有五个年头。看来还是得努力活久一点，否则身体孱弱、行动不便时连回忆的素材都稀缺。

至于心境，以前不懂老人家总说的"落叶归根""金窝窝，银窝窝，不能如自己的草窝窝"。但我不得不承认，在河北住院这一年来，我已经记不清多少次午夜梦回时回到那个小村子里。门前两株大柳树，树下奶奶们坐在石墩上有说有笑，大手飞快地打着稻草结，孩子们在小路上撒了欢儿地跑，晚上一家人围坐在炕桌旁吃饭，月亮静静地照在墙根儿上。

最难忘的味道啊，是陪奶奶在灶台烧火的烟火味儿，我和奶奶一人一个小板凳，一人一只炉钩。奶奶坐大板凳，拿着大炉钩，烧着大灶台；我坐着小板凳，拿着小炉钩，烧着小灶台。记不清一老一小都说过什么，但总有咯咯的笑声。有时候稻草里发现残留的稻穗，奶奶就扯下来扔进灶坑里，听到"噼啪"一声响，用炉钩钩出来，拨出米粒儿给我吃，真香啊！

最难忘的声音啊，是大年三十儿门口噼里啪啦的爆竹声，和厨房噼里啪啦的炸果子（油条）声。这两个"噼里啪啦"，一个饱眼福，一个饱口福，那声音美妙极了！

有一年，爷爷不小心把三角雷当成了小烟花，带我在门厅放。爷孙俩点燃那个绿色的小三角，美滋滋地等着它温柔绚烂地旋转，没想到几秒钟后"嘭"的一声原地惊雷！把这一老一小吓得着实不轻，老头儿的鼻子也不幸破了皮，后来，老头儿自嘲说，这大过年的，添点儿彩。

第二天一早，爷爷还发现厨房灶台上面的棚顶掉了一块皮，幸亏我和老头"噼里啪啦"的时候，奶奶没在厨房里"噼里啪啦"。

我上小学前，几乎都是跟着爷爷奶奶在小村子里长大的，那个顽童的趣事啊，忆不完也梦不完。上山下河，捉蚂蚱，抓蜻蜓；自行车可以站着骑，撒把骑，一溜烟儿就跑没影儿了；翻大门，过墙根儿，膝盖摔破血成股得流下来，也不觉得疼，仍吵着要出去玩；捉迷藏躲到人家房顶上，赢了游戏，回家发现两只手掌心扎满了木刺……

顽童也玩过淑女的游戏：采花心粘在脑门上，编个花环戴头上，和妹妹在院子里找个小角落，捡个瓦片就是盆，薅点草就是菜，撒点土做调料，再假装吃上几口，咂咂嘴，真开心呀！

可是后来这些技能我怎么全荒废了呢？害怕小虫子了，骑个共享单车过马路时恨不能下来推着走，看见放炮仗的小孩子远远绕着走……那股子顽皮劲儿呢？

童年和以前还在那里，只是我被时间赶着慢慢长大，路渐行渐远……好像什么都没改变，又好像无时无刻不在改变，就像初夏的二十摄氏度和秋末的二十摄氏度，明明温度一样，就是觉得冷热不同。

虽然平日里我不觉得想家，特别是小时候的老房子。但这是不是就叫乡愁？一种你以为从不提起，却永远印在脑海深处的记忆；一种你以为可以忽略，却始终魂牵梦绕的情绪。

原来，人老了不想去外地儿女家，真的不是客气，人在脆弱的时候，总会想起最初的地方。是不是因为我们最弱小的时候，就生长在那个环境，那里有我们对这个世界的初印象？是不是生命就是一个轮回，开始和结束不自觉地遥相呼应？

墓志铭

那一天如若到来,你会写给自己什么样的墓志铭?

这一句话,是你在这个世界上最后的留言,镌刻于碑,概括你的一生。

有人过完了传奇的一生,丰功伟绩,却只给自己留了一块无字碑,她是一代女皇武则天;有人尸骨未见,与无数留下名字或没留下名字的兄弟共享一座高大的墓碑,这块碑叫——人民英雄纪念碑,他们是保家卫国的英雄烈士;有更多的人走后由后人替他们立碑,碑上刻亡者姓名、生卒年月及立碑人,还有一张亡者的照片——除了名字，路过的人不会知道这块碑下面埋葬着的到底是怎样一个人，更不会了解他们度过了怎样的一生。等到后辈一代一代将其淡忘，或者墓地使用权限到期，他们就会在这个世界上化一抔土，不知融于大地的哪个位置。直到这个世界上最后一个记着他的人，也将他淡忘，他便彻底消失于这个世界。

　　我本不想聊这么伤感的话题，这似乎显得有点冷酷。我刚20岁出头，可白血病催促我思考这个问题，那一天如若来临，我该写给自己什么样的墓志铭呢？我不知道。

　　我看到过一则新闻，一位35岁的姐姐患了胃癌，在她生命结束之前，她邀请她的亲朋好友来参加她的人生告别会。她身穿一件绣满花朵的纱裙，头戴美丽的花环，化了精致的妆容，她笑着对来宾说，尽管自己的一生不是很长，但是她的一生很精彩。

　　她微笑从容，看起来是那么美好。

　　如果有那么一天，我会不会也开一个告别会？面对着那些陪我走过一生或一程的人们，看着那些熟悉的面孔，我该说些什么呢？在最后我也能发自内心地说一句"我的一生很短暂，但我的一生很精彩"吗？我脑子里一片空白，容我慢慢回忆回忆吧……

我总觉得小学时光格外的漫长，但是背着小书包，戴着红领巾的那段岁月，在回忆里似乎发着光。年少不知愁滋味，时光和回忆里的影子都被拉得很长很长。我记得有段时间同学们都跟风写课桌铭，大部分写的无非是"好好学习，天天向上"，也有的干脆学习鲁迅先生，写个"早"字。毫无疑问，课桌铭并没有让同学们早早起床刻苦勤奋，没过几天，课桌铭就下落不明了。

初中的时候进入了叛逆期，我认识了最好的朋友——舒服，除了上课学习，我俩一起干了不少"快乐事"。逃课，迟到，上课吃零食，半夜看小说，打游戏，我是班里玩 QQ 炫舞的"扛把子"，她是冬天打雪仗时男生都连连求饶的"大姐大"。我很快乐，可妈妈很郁闷。我喜欢和她对着干，成绩下滑速度很快。我知道那几年我把她气得不轻，她说了无数次不管我了，可最终还是为我荒唐的叛逆期买了单。我没有过重点高中的分数线，她交钱让我上了重点高中，而我最好的朋友，和我交了同样多的钱。

高一我仍旧沿袭着初中的荒唐，和我最好的朋友闹了别扭，一气之下两年没有说话。高二分完文理班，我选择了喜欢的文科，成绩从倒数考到前十。我选择了从小的梦想——播音主持，几乎所有人都反对我参加艺考，他们认为这个专业不好找工作，顶尖的艺校选拔是万里挑一，艺考是给"考不上大学"的那一拨人准备的"捷径"，他们认为我去艺考就是浪费了现有的文化课成绩……我还是坚持了自己想法，那段为了梦想早起练声背书，看着倒计时牌拼命刷题的日子，至今回忆起来都闪闪发光。

我和喜欢的男孩子报考了同一所大学，爱情没得到，得到了一位一辈子的好朋友——杨姐。而爱情这东西，无论聚散，我都不后悔在最纯粹的年纪，勇敢奔赴一场恋爱。有时，太年轻的喜欢少有美满，但我对自己年少的喜欢有了交代。如果我能和当年的自己打声招呼，我会大喊道："你真的很勇敢！"

　　大概就是这样，我平凡又普通，做事没有常性，但我有时敢为了梦想力排众议放手搏；我敢为了年少的喜欢大声说出"我喜欢你"。这二十几年的生命太短了点，懒得再去回忆更多，因为我没活够，总觉得还能再抢救一下！

　　思绪已然开了头，索性去网上搜了一些有趣的墓志铭。

　　海明威的墓志铭写道：恕我起不来了！

　　老舍先生为自己写的墓志铭是：文艺界的小卒，睡在这里。

　　司汤达的墓志铭是：写过、爱过、活过。

　　很多人都忘记王尔德的墓志铭到底写了什么，来自世界各地的女粉丝们在墓碑上写下的各种语言的"我爱你"，留下的鲜艳的唇印，成了王尔德更好的墓志铭。

　　再一个年轻人在自己的墓碑上刻着："求复活卷轴一张。"右下角还跟着一行小字："没有就算了"。

　　其实墓志铭也不一定要粗糙地概括自己的一生，也可以调皮一点，与生命开个玩笑，与路过墓碑的人们打个招呼互动一下。看完这些人的墓志铭，我觉得墓碑有了温度，生死这个话题也变得有趣起来。

是啊，一代人终将老去，但总有人正年轻。真正的"死亡"是"被遗忘"，而生命本身就只是个自然而然地迎来送往的过程。

木心先生说过这样一句话："墓碑上倚着一辆童车，热面包压着三页遗嘱。"

我突然有了灵感，给自己想了一句墓志铭：她真的可爱死了。

假如生命至此，有人路过我的墓碑，看着碑上二十几岁的年纪，会不会不敢在生活里可可爱爱，因为"可爱竟然致死"？又或许会驻足想一想她活着的时候，会是一个怎样可爱的姑娘啊……

停！我不想英年早逝，这个墓志铭，还是留给几十年后那个白发苍苍的我吧。那时候一个七老八十老太太的墓碑，该不会让路过的人害怕了吧，或许他们会从我慈祥的目光里，感到一丝温暖也说不定，或许他们会坐在墓碑旁歇歇脚，想象里面的老太太过完了怎样可爱的一生。

辑四

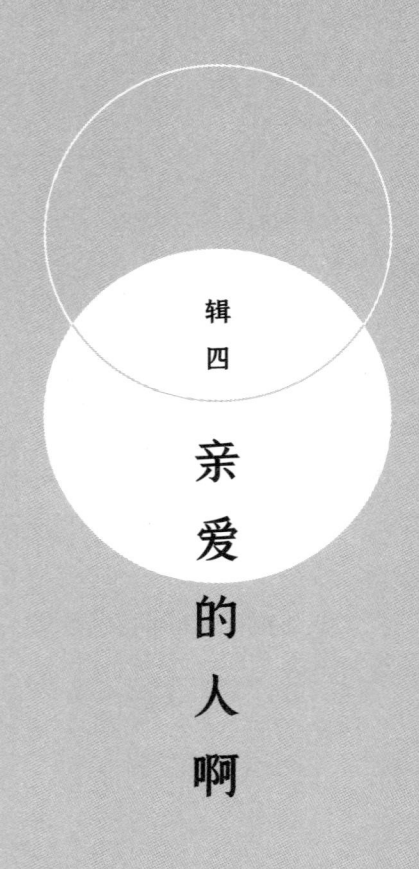

亲爱的人啊

这世上有那么多人,
偏偏我们相遇、相知、相珍惜。
何其有幸,有你们爱着我,
在我最艰难的时候愿意保护我。

. . .

致别离

人生聚散离合本是常态,但总有些相遇和别离让你难以忘怀,期待再次见面。尤其是一些人,曾与你共过患难。

你不得不承认,人生这条路,每个人都只能陪你一段,只是陪伴的时间长短不同而已。这一路上,不管你情不情愿,道路崎岖或平坦,脚步时快时慢,转一个弯,都要说一声"再见"。

病友之间的感情就像一个战壕里一起摸爬滚打出来的兄弟,是革命友谊,亦有种我经历过你的经历,感受着你的感受的惺惺相惜之情。

这两年"抗癌之路",一路上遇见,又一路上再见,我亲爱的病友们啊,好好保重,期待我们下个路口更好地相遇。

老刘一家

我在哈尔滨刚住院时,病房里住我对角线位置上的一位大娘就是老刘的老伴。大娘身材微胖,长得慈眉善目,面庞宽阔,还有一副厚实的大耳垂,头发黑白相间挽在脑后,平时嘴角总微微上扬,看起来那叫一个和蔼可亲啊。用同病房湘子姨的话说就是:"这老太太长了一脸菩萨像,跟电视剧里走出来的似的。"我一看,嚯,还真像!

大娘的病不是癌,是血小板低。时常晕倒,平时边输液边睡觉,醒了靠墙一倚,微微笑着,脸上也看不出病容。精神头儿好的时候,若是给大娘换身衣裳,背后打个光环特效,可不真就是活脱脱一观音菩萨坐在那儿嘛。我们打趣道:"还不赶紧拜拜菩萨,保佑我们早点出院!"大娘嘿嘿笑着,也不说话,一边的老刘接茬道:"她这还没把自己整明白呢。"

老刘是一个黑瘦黑瘦的小老头儿，个子不高，一看就是一个土生土长的庄稼人。老刘爱聊天热心肠，整天都是笑呵呵的。每次出门买饭都问问大家需不需要帮忙带什么，然后拎了一大堆打包好的饭菜回来。有天早上我起晚了，想吃土豆丝卷饼，妈妈不知道去哪儿买，老刘就亲自带妈妈去了一趟菜市场，来回半个多小时。他对医院也熟，哪哪都门儿清，有找不到的地方问他有问必答。我问："大爷，你们在这住多久了呀？"老刘一笑："嘿，那时间可长了，今年这是十四年了。"

十四年？十四年！

听老刘说，大娘的症状从发病开始总是反反复复，一般一年有三分之二的时间住在医院里，好的时候一年也差不多要住半年院。

除了买饭，老刘每天要么背着手在门口溜达，却从不走远；要么就伺候大娘洗漱，上厕所，换衣服……大娘的体型装得下两个老刘，但老刘护理起大娘来驾轻就熟毫不含糊。是啊，十四年了，能不熟吗？

要不是无意中听到老刘打电话问医保借钱，我以为老两口每天乐乐呵呵没什么烦心事呢。可只要用脑袋想想,一对老两口靠几亩薄田赚收入,十四年间的医药费……哪那么容易!

我从没听老刘抱怨过一句,连不耐烦都没有,也没听大娘"嗨呦"一声,倒是偶尔会念叨老刘哪里没弄好。老两口有两个女儿,大女儿已成家,给他们添了个小外孙,常在视频的时候逗得老两口哈哈大笑。大娘还会骄傲地和我们分享:"看我这大外孙儿还能拿个小铁锹锄地呢!"

过一会儿,视频里的小家伙应该又拎着小水壶去院子里浇菜了。

小女儿在一家烧烤店打工,有天下午买了大娘爱吃的食物来医院看望,坐了一会儿也是笑呵呵的,这一家人可真够喜庆乐呵的!老刘偶尔也会在快手上直播,那激情状态绝不亚于商场搞活动时,门口搭台吆喝的司仪,操着一口地道的东北话,往大娘病床前一站:"来,各位老铁看看啊!今天精神了又输了个板儿,得劲儿了!"

老刘和大娘没什么特别的,但那份过日子的从容,就是家财万贯也学不来的。大娘爱吃馄饨,状态好的时候,老刘陪着她慢慢去店里吃上一碗，在楼下坐一坐，再扶着她慢慢回来，大娘的微笑更深了。

少时夫妻老来伴，医院里常见年轻夫妻吵架抱怨的多，老夫老妻之间倒多是静水流深的照顾与陪伴。前段日子，老刘还问妈妈我们最近好不好，大娘最近还不错，老两口在家逗弄着小外孙。

写到这儿，我也忍不住微笑，想起了那幅画面很温暖：大娘倚墙而坐，老刘坐在床边小板凳上整理着饭菜，门边的墙上还挂着一捆小葱和一串大蒜。

海拉尔大娘

后来，妈妈和我说起海拉尔大娘。

刚入院那会儿妈妈经常控制不住，跑去走廊偷偷哭，毕竟谁家孩子病了谁不疼啊！那天海拉尔大娘过去拍拍她说："妹妹你不能总这么哭，哭有啥用啊，别让孩子看见，你得和孩子一起坚强起来。"

这是海拉尔大娘和妈妈的第一次对话，她也是医院里第一个安慰妈妈，告诉妈妈"别哭"的人。

海拉尔大娘是陪老伴儿来住院的，大爷的病房在走廊尽头，我们病房对面。那天之后，海拉尔大娘早上会在门口叫妈妈一起去买早饭，路上就给妈妈讲如何给我做护理，什么东西哪里有卖，着实让我们少走了好多弯路，省去了好多询问的工夫。虽说道理大家都懂，但当妈妈的知道自己孩子重病怎么可能一下子就化悲伤为力气，调整好心态呢？最初那些日子，妈妈连过马路都有些心不在焉，大娘拉着她说："你呀啥也别想，就一步步往前走，你孩子那么年轻，好治！你还得照顾好自己，坚持住，要是你先垮了，你孩子怎么办？谁来管？"

就是这句话点醒了妈妈，她把更多的悲伤藏进心里，每天笑着陪我输液鼓励我，像擦拭宝贝一样给我擦身子，一丝不苟地给我做护理。海拉尔大娘给了妈妈突然成为"病人家属"后，最实在也最有用的建议，也给了妈妈最及时的安慰与鼓励。

虽然大娘才 60 多岁，但我总觉得她很像姥姥。如果姥姥还在的话，她一定也会和妈妈讲这样的话，然后再心疼地抱抱妈妈吧。不知道姥姥会不会怪我这么不省心，害她的女儿这么伤心。

海拉尔大娘做事的风格也和姥姥很像，慢条斯理不急不慌，干什么都认认真真一丝不苟。大娘一个人照顾着老伴儿，这么瘦瘦小小的一个老太太每天都精神满满，你在她身上丝毫看不出任何愁容和狼狈。不管走廊人再多，东西再杂乱，走廊尽头那个小角落永远有着"格格不入"的体面。

每晚大娘都把陪护床靠在大爷病床边放好，白天坐在床边照顾着，换药的时候，戴上眼镜，用手机拍下药名，在网上查询药效与副作用，像完成工作一样认真。可就是如此精心的照料，在第二期化疗临近结束时，大爷还是出现了肠道感染。那天下午家里亲戚陆续赶来带了老爷子爱吃的饭菜，大娘还不忘给我拿来了一盒水饺。大爷本就是个健谈的人，晚上用手机看新闻，白天常有一把病友聚集在大爷床前一起聊天。那天，大爷和家人们开心地聊了半宿，第二天老爷子要回家了，他说，回家前想去看一看松花江……

后来海拉尔大娘卖掉了房子，搬去俄罗斯和儿子一起生活。

我的病房门口再也没听到晚间新闻的声音,但妈妈的手机里偶尔会收到来自俄罗斯的问候与鼓励。

妈妈最常安慰我和其他病友的话,总是那句:"别怕啊,啥也不用想,就一步一步往前走!"

致离别

"死亡"就是彻底的离别了吧,也不是,遗忘才是。生离死别是痛心,亦是安慰。

我从没想过前一天还笑着打招呼的人,第二天就见不着了。所以,道别的时候不再说"明天见",因为谁也不确定到底还有没有明天。

日夜相继,天黑了又亮,多正常不过的事啊。才发现,一个人如果能看着日升月落,数着月亮圆了几回,正常度过完整的一生,已是不易,实属幸事。

小时候总问大人们:"什么是死啊?""我们会都死吗?""人死了去哪儿啊?"大人们通

常会说："你长大了就知道了。"

　　耐心一点的可能会编个故事，类似于变成星星呀，埋土里呀，烧了去呀，上天堂下地狱呀……其实啊，小孩子听不懂，别看大人们高高大大的，这生死问题他们也一样不明白。毕竟能回答你问题的那些大人，也都没死过。

　　我以为过了少小无知的年纪，再思考关于"死亡"的话题会是在老之将至的时候，没想到20出头，还不甘心被小孩子叫阿姨的年纪，我就对"死亡"有了深刻的认知。

　　死亡可怕吗？我觉得不可怕。至少对死者来说，没那么可怕。你看很多高龄老人寿终正寝，他们一般都走得从从容容，很自然地时间到了，该走了，而活着的人称之为喜丧；意外离世的人由于意外太过突然，应该来不及检视死亡的可怕；受病痛折磨之人，以我的切身体会，死亡可算得上解脱，活着太痛苦。但还有一种人，其罪当诛的死刑犯，临行前它们会不会感到恐惧？或许会后悔会醒悟？又或许会不屑会麻木？我不知道。

　　总之，死亡对将死之人来说并不可怕，倒是会把健康的、没什么事的、离死亡较远的人们吓得不轻。但说白了，死亡就是最后一场离别。意味着这次分开后，不会再见面了，你所有的身体感官再也触碰不到那个人了，那个人往后只存在于回忆当中。偶尔，你可能在做某件事的时候想起他曾参与过，曾惹得你失笑或落泪过。而那个人惧怕的不是死亡，而是离别后，生者为他伤心难过。我该怎么去安慰你啊？！我最爱的和最爱我的人儿们！

我不能再身体力行地陪伴你，不能再努力让你生活得更好，是我最大的遗憾。因为我不得已的离开，让你悲痛万分，是我最深的恐惧。然而，我与生死已如此相熟了，就我本身而言，我没什么可畏惧的了。

照个亮儿

史铁生在《奶奶的星星》里写道："人死了，就变成一颗星……给走夜道儿的人照个亮。"

我是那个走夜道儿的人，叔叔帮我照了一个亮儿，可我都不知他姓甚名谁，甚至未曾仔细看一眼他长什么模样。但他是第一个让我把"死亡"与"温暖"联系到一起的人，那一刻，我不再惧怕死亡，心里竟还有一阵暖意。

第一期化疗后期，我们仨白天到医院输液，晚上去姐姐家闲置的老房子住。那天回家妈妈包了我最爱吃的酸菜猪肉馅饺子，我一直赞叹妈妈包饺子的手艺可谓一绝，我也很给面子地多吃了几个。可吃完没多久就开始发烧，敷了退热贴、吃了退烧药、用了退烧栓，体温不降反升。折腾到晚上九点多，体温烧到快39摄氏度，无奈赶紧给主任打电话奔回医院。

到医院时已近十点钟，住院楼层的走廊也熄灯了，两边加床的病人大都休息了，偶有几张床上亮着一方手机屏幕。

我的病房靠近走廊尽头，爸爸背着我小心地穿梭在病床和陪护床中间，晚上加了陪护床，本就不宽裕的走廊更为逼仄。我的头无力地搁在爸爸肩上，穿过了一扇小玻璃门，快到病房时，突然左边病床上的人身影动了一下，起身开了灯，轻声说了句："慢点啊。"爸妈道了声谢，那人影回了句："不谢。"就又躺回床上了。

我没看到他的脸，我只知道他是住在我病房门口加床的一位叔叔，但来回走时也没注意过，偶尔爸爸妈妈进出时会打个招呼或简单聊上两句。

我躺在病床上，输上液，妈妈拿个垫子铺在地上睡。关了灯，房间和走廊又恢复了黑暗与安静。

我难受地睡不着，双腿蜷曲侧躺着，冷得直打哆嗦。我努力想静下心来睡一觉，可做不到，我已经无法控制大脑去平静。那天夜里，脑海里就一直无限循环着：

乌蒙山连着山外山，

月光洒下了响水滩，

有没有人能告诉我，

可是苍天对你在呼唤……

这几句旋律。我心里轻笑，是上天召唤我了吗？我会不会就这么哆哆嗦嗦着悄然离去了？于是我不想睡了，就任由大脑一遍遍重复这几句歌词。

不知道过了多久，好像有什么东西从头上顺着额头流下来。哦，原来是出汗了，一滴、两滴、三滴……接着越来越快，汗珠不断顺着额头往下淌。又不知过了多久,身上也开始发汗,脸上和身上都痒痒的,但我就像被封印了一般,一动也不敢动。保持着那个姿势,脑海里循环着歌,紧闭着眼睛,感受着汗珠一滴滴流下来。

我就这么和自己耗到了天亮,我好像睡了会儿,也好像没睡,头上不再冒汗珠了。五点多,妈妈起来摸摸我的额头,退烧了。掀开被子,扶着我换了个姿势,才发现衣服和枕巾都被汗湿透了。好歹凶险的一夜过去了,不烧了,苍天也没有把我召唤去。

住了几天院,一天下午,妈妈回到病房说:"你还记得住咱们门口,那天晚上帮咱点灯的那个叔叔吗?""记得啊,怎么了?我还没谢谢人家呢,人可真好。""他走了。""上哪了?""去世了。"我愣了一下,突然就看不清手机屏幕了,半天说不出话。

我回忆着那天夜里,从家里出来有些楼层灯坏了,漆黑的楼道,夜里昏黄路灯照着的马路,没什么光线安静的医院走廊。我从小怕黑,一路上我都趴在爸爸肩上,特别黑的时候我就闭紧眼睛,直到穿过那扇小玻璃门,左边病床上人影一动,"啪"灯亮了,那人轻声说:"慢点儿。"

想到这,我突然笑了,很窝心。以前我总以为死了就是一片黑暗,什么光都透不过的黑暗,可那时候,我能想象到的无边黑暗里亮起了一束暖黄的光柱,突然就很温暖。

我抬头,轻轻叫了声妈妈,跟她说:"我突然什么都不怕了,我觉得要是有一天,我也去了那边,叔叔还会帮我点灯。"妈妈嗔了句:"别瞎说。"然后哭了,我揉揉眼睛,笑了。

其实我和叔叔都是走夜道儿的人,可他在黑暗中还不吝帮我照了亮。后来妈妈和我说,叔叔是因为脚疼住的院,他在走路都困难的情况下,还起身去帮我点灯……

"叔叔,谢谢你啊,在那边好好儿的。"

偶像,江湖

"白发不能容相国,也同闲客满头生。"

世间最公平的事情就是——每个人的终点都清清楚楚地

兄弟，dei，一切都会好起来

摆在那儿，再厉害的人也终究要和这个世界离别，谁也逃不脱绕不过。

但总有些厉害的人，生时对他人影响颇深，就连最后的离别也震撼人心。而2018年，有太多这样"厉害"的人与我们和这个世界离别了。

2018年，有网友写了这样一段话："上帝想听评书了，带走了单田芳老先生；上帝想听摇滚了，带走了臧天朔；上帝想听相声了，带走了常宝华和师胜杰。"后来上帝又带走了李咏老师和金庸先生，上帝这是又迷上了武侠，还想办一场晚会吗？上帝呀，你这一年怎么就这么寂寞啊！

2018年10月29日，哈文导演发布了李咏老师去世的消息。彼时，我正一个人待在移植仓里，预处理结束，等着第二天开始回输。看到这条消息时，我整个人都呆住了，连身体难受都顾不上。李咏？是那个李咏吗？是啊，除了家喻户晓的那个主持人李咏，还会有哪个李咏去世的消息能让大家沸腾呢？可明明感觉，他不久前还活跃在荧幕上啊，不过，好像是有段世间没看到他了。多久没看电视了？不记得了。但他陪伴过多少人家度过了饭后时光,陪我们数了多少回新年的钟声。

哪怕现在"90后"都不怎么看电视了,可总难相信,这位陪我们长大的主持人就这么突然地离开了。癌症,又是癌症……

是啊,疾病找上门来从不与你商量,不分礼拜几,无论你是老少男女,不管你贫富尊卑,劈头盖脸就砸向你。嘻,真不讲情理。缓过神儿来,我想到一句诗歌"白发不能容相国,也同闲客满头生。"

2018年10月30日我回输第一天,打了镇静剂,一觉睡到天黑,醒来时朋友圈里满满的都是"大侠走好"。打开微博,"金庸去世"四个字刺痛了眼睛。

三个多月前,我还爬华山,和先生题写的"华山论剑"拍了照,我想走遍金庸先生笔下充满武侠气的高山大川。后来我还去了峨眉山,我想的念的都是"小东邪"郭襄,一袭红袍,一头青驴,一柄倚天剑,寻了半生的大哥哥,心事都赋予峨眉的一抹晚霞了……

这老头儿真厉害呀,一人一笔勾勒出一个江湖,装得下无

兄弟(dei)，一切都会好起来

数人。听说小舅小的时候，金庸的小说大家都传着看，书皮都没了，书页都翻烂了，谁拿到都废寝忘食地一遍遍看，上课也偷偷躲在桌堂里看。

很小的时候，太奶奶家有一台黑白电视机，太奶奶整天坐在炕上看《射雕英雄传》，墙上还挂着一张海报。太奶奶大我70多岁，她走那年我只有12岁，这幅画面是我对她为数不多的印象之一。

金庸先生的江湖不只有恩怨情仇，还讲善恶到头终有报。让我们知道为侠不是为了自在逍遥，侠之大者，应为国为民。他笔下的大侠，都"仁"，都"至情至性"。生病两年多，还是觉得人活着"江湖气"点儿好。

那天晚上有两句话我奉为金科玉律。"你瞧这些白云，聚了又散，散了又聚，人生离合，亦复如斯。"这是《神雕侠侣》里程英的台词。"渡过大难，将有大成，继续努力，终成大器。"这是金庸先生写给胡歌的话。

我望着输液管，想着刚输进体内的爸爸的骨髓血。是啊，聚散离合再正常不过，生老病死谁也强求不来。可若我有幸活下去，我又该如何对待我的生命呢？

每个人的生命分量都不相同，如果人死后，可以把这一生放到一杆秤上称一称，那么，同样是活一生，孰轻孰重，一目了然。有的人轻飘飘就走了，有的人走过的一生值好几个秤砣。生命不应以长短论，老话不是总说嘛，"掂量掂量自己几斤几两"。

我希望有一天，当我的一生摆到称上时，掂量起来能有点分量。别白遭这罪，别白活一回。

那些花儿

你信吗？当你深陷困境时，真的会有天使姐姐（大哥哥）来救你！

异姓亲兄弟

2020年初，新冠病毒就先在武汉肆虐，而后漫卷全国。所有人隔离在家，非必要不出门。各地医护人员紧急集合，救治被感染者，严守疫情防线。那段时期天空好像都是灰色的，每个人都活在压抑的氛围中。而我，再次病了，白血病二次复发，住进了医院，重新开始化疗。

疫情和复发对我来说都很突然,我忍不住怀疑老天这是在开一个什么样的玩笑。正在我每天"怀疑人生,怀疑世界"时,妈妈给我看了一张照片,照片上是一个穿着防护服的大个子,看不清脸,他在胸前比了个大拇指,照片上写着四个字:琪琪加油!

妈妈说这张照片来自我的一位粉丝,这位关注我的粉丝朋友说他正要去一线抗疫,等疫情结束他就来看我,来医院献血。

我看着照片突然很感动,心里的"怀疑"一下就消失了,更笃定了要坚持和病魔刚下去!因为,照片中有那么多的人,他们白衣执甲,前往最危险的地方,其中很多人和我年纪差不多大,女孩子们剪掉长发,舍不得浪费防护服垫上尿不湿……冒着生命危险坚守在疫情一线,他们是为了谁?是为了每一个他们不曾见过的像"我"一样的人。

照片里的大个子叫路彬,是一个阳光大男孩,疫情期间他在北京抗疫一线守护着首都的安全。很幸运,我再一次完全缓解,可以进仓移植时,疫情也被遏制住了,路彬也安全地退下一线。但由于疫情影响,几个月来献血量骤降,血库库存告急。当时正在仓里的我血小板只有个位数,若是不能及时输注血小板情况就会很危险。

当血站发出告急通知后,路彬联系了爸爸,他带着他的同事一起前来献血小板。我在仓里的时候,他一共来过两次,15天可再次捐献时间一到,他一刻都没耽误赶来捐献第二次。

爸爸为我捐献干细胞和骨髓血,父女之间血脉相连,我为了这份父爱拼命活下去。路彬与我素未谋面,这份恩情厚义我也绝不能辜负!我珍惜他们给我的每一滴血,每一个细胞,不就是白血病吗?我加完血了,接着战啊!

我出院后,邀请路彬来做客,这个出生于1996年的大男孩,从18岁生日那天起至今,共献血六十余次!我问他为什么,他的回答很简单:"想到了就去做,因为一定会有人通过这个得到帮助。"他还说:"只要我有能力,就能一直继续下去。"

谢谢你啊,献血小英雄!我的异姓亲兄弟!

致敬!你屹立在抗疫一线的身影!你捐献给生命的礼物!

山海一相逢

人与人之间的羁绊可以有多奇妙？人与人之间的帮助可以有多及时？

距离第二次移植越来越近了，心里越发没底，想到第一次移植仓里的36天都忍不住打寒战，那样的难受劲儿，我不想再经受一遍，我不确定能不能挺过去。直到进仓前三天，我还在打着退堂鼓，脑海里不停地想现在反悔还来得及。

当天晚上，我情绪低落地躺在病床上。舒服给我发来一条视频和一个微信号，她说这个人是个百万博主，在抖音私信我说要帮助我，并留下了微信号。我抱着试一试的心态添加了微信。

等待通过的时候，我去抖音翻看她的视频，她叫梁欢欢，拥有百万粉丝，和我年纪一般大，北漂，自己创业，风生水起。

"嗡"，手机震了一下，她通过了我的申请，打了招呼，然后让我早点休息，说可以帮我实现一个小愿望，要了地址，第二天来看我。

第二天傍晚，梁欢欢和她的一个同事出现在我的病房里，给我带了许多小礼物，我们拥抱了一下，然后，我发现她眼圈有点发红。还没等我开口，她先说："终于见到你了，琪琪。"

我有点儿不明所以。她给我讲了她的故事：

2018 年，她在北京打拼，创业失败赔了八十几万，她心灰意冷地回到老家。那段日子对她来说十分艰难，每天无所事事，睡不好觉。某一天，她刷到了我的视频，没想到我的视频给了她力量，让她觉得她现在所受的挫折比起我所遭受的疾病根本不算什么。于是，她重新鼓起勇气，回到她曾经跌倒的地方，决定重新出发。

她说她一定要为我做点什么，她说视频平台不应该只有娱乐，她说让我只管配合治疗，剩下所有的困难有他们在。她和我一起合拍了一条视频，帮我呼吁大家的关注和帮助。其实，我曾经联系过一个百万博主，想要合拍一条视频，对方开出了十万块的合拍费用。我拿不出那么多的钱，所以只得作罢。

进仓前一天，我心里慌得很，我真的怕了。我知道当时我的身体有多虚弱，两期化疗，十几期放疗，若是再来药劲霸道的预处理，我真的不知道能不能承受得住。

和前天差不多的时间点，梁欢欢又来给我加油，让我不要怕，出仓的时候她来接我。可这事儿怎么是说不怕就能不怕的，她也知道安慰的话用处不大，她拿过我的手机问我可以开直播吗？我躺在床上点点头，不想辜负她的好意。

欢欢打开了直播，没有把镜头对向我，而是坐到妈妈身边。我听到她和妈妈在和屏幕另一头的人们分享我的近况，我已经好久没有直播和他们聊天了。

"琪琪，他们说想看看你，可以吗？"欢欢走过来，我侧躺着，用力地点点头。当手机屏幕面向我的时候，我看到了满屏幕的鼓励："加油！""好起来！""琪琪最棒了！"……

我眼泪霎时就流下来了，还有那么多人惦记着我，欢欢一条条给我读网友们的留言："我们陪着你！""琪琪别放弃！"……

我不知道自己有什么能耐能让这么多人为我牵挂，能得到这么多人的鼓励。

好吧，我，还能再战一场！欢欢临走时给我留下了一部手机和一个手机支架。进仓后,我每晚就用这部手机和支架开直播,欢欢忙完自己的工作就去我的直播间看我。二十几天的仓里生活很顺利,没我想象中难受,也因为有了这么多网友的陪伴,我也没有感到孤独。

如果没有梁欢欢,我真的不确定我还有没有勇气第二次进移植仓,她就像突然从天而降的天使姐姐及时赶来拯救了我。

对了,我的朋友圈封面是山,她的是海,好像天注定,我们山海一相逢。

音乐抚人心

2020年9月下旬,我收到了一份演出邀请,是夏小虎的经纪人花花邀请我去现场看演出。夏小虎我知道,是民谣歌手,他的那一首《逝年》是我们大学的毕业歌。生病期间有时听这首歌,歌词和旋律自然地牵扯大学时候的回忆,想到当时那么快乐美好的自己,因病痛折磨而低沉的心情也跟着明亮起来。

花花说她看过我所有的视频,疫情期间大家也都过得不太如意，他们想要向医护人员和军人致敬，于是有了这次全国巡演。

生病以来，我越来越爱音乐，很多不曾与外人道的心事和伤痛都在耳机里的旋律与歌词中共情，然后得以释放。音乐给予我的安慰与力量是独一无二的，我师父发过一条朋友圈："歌手是有功德的，陪无数人度过了一个又一个不足为外人道的夜。"如果能现场听那首曾给过我安慰的歌，我一定要去！

正好杨姐在天津，杨姐可是我大学四年最宝贝的收藏。10月18日，我们一起去天津后巷看"夏小虎和他的乐队"的现场演出。进入后巷酒吧需要下一层窄窄的楼梯，当时我没有力气，没办法站起来。我给花花发了信息告诉她我到了，我本想着不然就打声招呼，回去算了。花花很快上来，看到我后给了我一个结结实实的拥抱！她有些胖乎乎的，她的拥抱真诚而温暖。我坐在轮椅上，告诉她我不方便下去，还没等我说出告辞的话，她往下一蹲："来，我背你！"

我没好意思，后来还是爸爸把我背下去，我们到的时间稍晚，酒吧里早已座无虚席，花花在第一排给我加了凳子，我刚要坐下，旁边的小姐姐拽着同伴起身，把里面的位子让给我和杨姐，他们坐到边上去了。后来花花和我说，那个小姐姐是夏小虎的忠实粉丝，结束后她给花花发信息说，以后只要我去现场，她还给我留位子。

　　演出开始，夏小虎说话的时候略显腼腆，但唱起歌来无比投入。看着他弹着吉他，拨弄着琴弦，还有乐手们弹奏着乐器，我也跃跃欲试。初中时，艺校常在小镇广场组织演出活动，我负责电子琴，那可以算是我的"乐队"了吧，我总觉得一样乐器使用久了是会有感情的，看完电影《百鸟朝凤》，我写了一句话影评：每一个乐器里都住着一个小精灵，有自己的性格。成长过程中我最大的遗憾就是没有继续练琴吧，没有坚持下来把一件乐器练到炉火纯青。

　　《逝年》是整场演出的高潮部分，一曲结束，夏小虎拿起话筒说接下来这首歌送给他的朋友——琪琪，我第一次听到陌生人一起为我喊"加油"，屏幕背后的加油声真真儿地传到耳朵里，那种感动和力量是我一生的收藏。

　　演出结束后，我和花花还有小虎哥拍了照片，聊了会儿天。

他们说以后只要他们乐队有演出，只要我想听他们唱歌，前排 VIP 座位永远为我留着。其实我想说，谢谢他们用音乐唤醒了我鲜活感动的记忆，更感谢他们创作的音乐曾在我痛苦时治愈了我。也让我看到了你们追逐理想的力量，以及对音乐的热爱。你们身上的这些能量与美好也感染着我。

回家的路上，路灯覆盖不到的地方，四野茫茫，漆黑一片，可我心里多了一束光，血液里似乎多了活泼和勇敢的因子。

音乐，不治病，但救命。感谢所有在我最艰难的时候安慰过我的作品，感恩这些作品的创作者们。

嘿，兄 dei（弟）

> 我的本意是想给你安慰，没想到却救赎了自己。

2019 年 4 月，第一次移植后第 167 天，我在抖音注册了"琪琪弗"这个账号，发布了一条"嘿，兄 dei（弟），23 岁前有没有人为你拼过命？"的视频。收获了 195 万的点赞，爸爸妈妈花光了全部积蓄给我治病，想在和病魔下一场"豪赌"，在视频的最后，我问："你们猜，这一局，我能不能翻盘？"

九万多条评论都在为我加油！有人说："逆风翻盘最酷了！"

可惜,这场"豪赌"远没有结束,2020年1月,我被确诊为白血病复发。这一次较之前更加危险,我把微信名字改成了"琪琪打怪怪"。不过,这次我不是单打独斗,而是发起了30万人的团战,他们不能陪我冲在最前线,但他们都是我的兄dei(弟),帮我加血、搞装备、做攻略,还可以当我的啦啦队。

2020年的春节,我收到了最多的祝福,有的小朋友拜托妈妈帮他把压岁钱分享给我;有的兄dei(弟)吃到了饺子里的钱,说要把好运分享给我;有的兄dei(弟)放烟花给我看……还有那么多的祝福语,简直可以收录成春节祝福语大全!手机里好多好多的截图,印象最深的一句话是:"琪琪你不用怕,你身后有这么多兄dei(弟),我看谁敢把你带走!"

对啊,我们三十几万兄dei(弟),来自五湖四海,各有神通,区区一个白血病,刚就完了!

我的兄dei(弟)们,第二次移植,因为有你们,我才敢进移植仓,因为有你们每天晚上在屏幕那边陪着我,我才能顺利吃完每天的药。那段时间,有你们的陪伴,我真的很快乐。

团战胜利，我下定决心不辜负你们的爱护与陪伴。除了努力好起来，以后我也要去帮助更多的人，把你们对我的爱传播开去，我帮助每一个人时，都会告诉他："这是琪琪和她的兄dei（弟）们一起做的！"

我习惯了和你们分享日常，偶尔也给你们灌一些鸡汤，我拍短视频的初衷有三：一、把苦难变现，缓解爸爸妈妈的负担；二、给受病痛折磨或深陷困境的人们一点儿安慰与力量。在和别人苦难的比较中获得安慰，能这样给他人一些慰藉，也是一种作为。哪怕是你说："她都那样了不也挺好吗？我不比她好多了？"三、关于白血病，我一定要做点儿什么。

这两年我也收到了你们发来的很多私信和分享，真的有很多人告诉我因为看了我的视频，他/她获得了力量，变得勇敢，或者在他/她状态很不好的时候从我这里获得了安慰……每每看到这些，我都觉得自己做的一切有意义！可是，我发现，很多私信和抑郁症相关，我不太了解抑郁症，但我有过被药物控制，情绪莫名不好的时候，我很难想象一个人如果长期控制不了自己的情绪，处在情绪低落的状态里面会是什么样的状况。

前段时间，一个兄 dei（弟）来看我。她曾是一名重度抑郁患者，每晚睡不着觉，哪怕是很困；总有负罪感，习惯性地自责，哪怕事情根本与她无关；不知道怎么表达，不会与别人沟通……而当情绪紧绷到一定程度时，抑郁患者可能会选择伤害自己来缓解，甚至是有自杀倾向，严重时还会影响生理上的健康。

如果不是她亲口跟我讲述她的故事，我不会相信她和抑郁两个字有什么关系。她曾经也不被家人理解，但后来舅舅带她去了医院，20 天的专业治疗，让她好了许多，她说那 20 天是她最快乐的一段日子。所以，在这里我也想替她告诉所有的抑郁兄 dei（弟），勇敢一点，去求助，不要一个人挣扎，你没有错，只是你需要帮助。可以查询 24 小时免费心理咨询热线，要学会爱你自己啊！

当然，还有许多兄 dei（弟）和我分享喜悦，考研上岸、成功出仓、面试成功……还有好多邀请我去参加婚礼的，我记得有一个小姐姐，婚礼当天给我发了个红包，说把她的幸福与好运气分享给我。这么多的好消息让我心里暖暖的，是你们让我看到了生活的多种多样，谢谢你们分享给我生活中的小美好。

对了，我记得出院那天我发了动态，下面有评论说："这是我今天看到最好的消息！"

嘿，兄 dei（弟），你们怎么那么好啊！你们有没有忘记要和我见面的约定啊？我想要活蹦乱跳地去浪迹四海，如果到了你家门前，别忘了送我一支百合，对出暗号："百合百合，百病愈合。"我们或许寒暄别过，或许通行一路，或许三杯两盏淡酒，把你我的故事好好说说。

嘿，兄 dei（弟），等过了这个坎，我一定超好、爆好、无敌好！

写给舒服

这是我写给她的一封信——我最好的朋友。

她现在就在我身边,近得不能再近了。我的眼睛不太舒服,不能长时间盯着屏幕。于是,我们背靠背坐着,她记,我说。其实我现在也不知道要和她说些什么。但我想试一试用这种方式当面给她"说"一封信。就……且说且记吧。

你不开心了吗?今天是 2021 年 4 月 20 日,月初你来找我,第二天我就知道你带着心事,我一直等着,你却不和我说。三个星期了,很抱歉,我没能治愈你的不快乐,就像你也没办法让我恢复食欲，大口吃饭。

我们似乎对彼此都有点无可奈何，但我们都希望对方能好。

毕业后一年我就生病了，这两年我烦恼的都是身体的健康状况，其中的难处和苦处非亲身经历不能体会。可同时，我也少了正常工作的烦忧。关于职场的喜怒哀乐，朝九晚五的生活节奏，或是"996""打工人"等新出现的职场相关的网络词语，我都是通过在网上看看段子，了解一二。

我不懂你的烦忧，可我想解你的烦忧。我不知道我现在的人生观、世界观、价值观对不对，和以前的自己相比，我真的改变了很多。

我们已经告别学生时代四年了，不用再为分数心焦，也不用再为排名惶惶不安。可是每个年龄，每个阶段都有它的烦恼和焦虑。这几天，我仔细想了想，关于你的不快乐，我有些话想说。

关于"成功与失败"：加薪晋职是成功，赚大钱出人头地是成功，以前的我可能会这样认为，可现在我觉得漂亮地完成自己的项目是成功。对一个人来说，几十年的人生，怎样评判这是不是成功的人生呢？以财富论，以权位论，以为社会做出的价值论，还是以生命的长短论？我不懂，人生为什么要以成功和失败来定义？如果非要定义的话，我觉得用幸福快乐与否更为合适。

关于"人生价值"：很遗憾我记不清高中政治书里的那些术语了，我上网查了一下，人生价值的解释是：人的生命及其实践活动对于社会和个人所具有的作用和意义。我们不能像戍边战士以生命作疆界，也不能像医护人员用自己筑防护墙。我们很平凡，甚至，我连独立生活不麻烦别人照顾都做不到。一个人在职场中的价值可能很容易被替代，绝大部分人都可以被替代，少了谁公司还是会照常运转。但是对于爱我们的人们来说，我们就是独一无二，我们的自身价值得到了肯定。我很喜欢那句话：因为有人爱，才显得多珍贵。

可能有点偏离"人生价值"的论述，但是我想说的是：我爱你，我相信你，你的存在对我来说就是价值。

关于"当下和未来"：就像老一辈常说的"铁饭碗"，一劳永逸太诱人了。这几年总感觉时间过得很快，仿佛时间背着我们在偷偷地提速。很多人都过得慌慌张张匆匆忙忙，我们也都或多或少忧虑着未来。不过，经历了2020年的疫情和白血病突然找上我的事，我知道了人生无常，也更加相信了一切皆有可能。当下与未来没什么可比性，可未来不就是每一个当下堆叠而成的吗？所以，别想那么多，给自己种下个盼头，然后认真过好每一个当下。

　　大道理就说这么多，这么正儿八经是不是很好笑？笑一个！我永远支持你奔赴你的热爱与理想，但我希望你能找到真正的所爱和理想，也许它就是一想到便热血沸腾、热泪盈眶，也许追梦的路上坎坷崎岖，让你受了挫折和委屈，但你心中从没想过放弃，心里一直有光。

　　病床上回忆最多的是我们一起去旅行，太蠢了简直，最热的夏天一起去南方，在鼓浪屿迷了路几乎走完了整座小岛，说好早起看日出，赶到海边时太阳已升得老高；我们在最冷的冬天一起去冰雪大世界，没走几步就被冻得哆哆嗦嗦，一把眼泪、一把鼻涕地回去了⋯⋯

　　我们去大草原，由于停电吃了顿"烛光早餐"，刚到海拉尔，竟然发现你穿的衣服和火车站前的垃圾桶一模一样的"黄蓝"配色！还有太多太多经历，想起了就会想要大笑，十四年的光阴啊，嗖嗖地一闪就过，可你总是会保护我、照顾我。

我生病的时候，没转过来那个劲儿，你发短信骂我，把我骂醒，两次都是。然后你到医院陪我哭陪我笑。我记得在哈尔滨时，你坐在我病床边，我给你唱了一首《不再见》，你骂我，然后转过去哭，后来我再也没有听过这首歌。我们一起录搞笑视频，于是有了"琪琪弗舒服"这个号，后来我出院了，我们商量着把生病这件事记录下来，努力把苦难变现，于是2019年4月，很多人认识了"琪琪弗"。

我在写这本书稿时，抖音没心力经营，我们一起赚的钱你一分不要全都给我。我记得在网上看过一个小故事，J.K. 罗琳生活最艰难的时候，她的朋友给她生活费，让她不用工作，专心写作。就是这段时间，她写出了享誉世界的《哈利·波特》。我的这本书也许没有那么动人，但它是我用心送给你的"哈利·波特"。

经历过那么多，起起落落，我们走散过，又和好。我们是世界上最默契的灵魂，最优秀的旅行拍档，也是最好的朋友！

　　好久没拍照了，我没有以前好看了。不过，我们似乎该去下一场旅行了……

我们仨

爸爸的肩上和妈妈的怀里,就是我的心安处,是我最踏实的地方。

生孩子这件事没有"我愿意"的宣言,没有仪式加冕。然而,夫妻会离婚,手足可能相残,父母用一辈子回答了"你愿意爱他/她一生一世吗?"这个问题,他们的一举一动都在回答着"Yes,I Do。"

你说,是孩子选择了父母,还是父母挑选了孩子呢?我想,应该是孩子在云端给自己挑选了喜欢的爸爸妈妈吧,不然谁会为自己选一个病孩子呢?可是当孩子降生后,无论贫穷富有，爱哭爱笑，哪怕是生了大病，父母都会永远爱这个孩子，照顾他／她，保护他／她，付出一切，只为他／她好。

　　从出生的一声啼哭开始，一对新手爸妈还不懂得如何为人父、为人母，身上已多了一份伴随一生的惦记。从半臂长短的小娃娃摇啊摇、抱啊抱，陪她学走路、学说话，送她上学，陪她读书、识字，认识这个世界；陪她弹琴、画画，培养她的爱好，一路上都是心血付出。曾经这个小娃娃是那么娇弱，不敢磕了碰了，亲一亲抱一抱都要小心翼翼，仿佛这是一块旷世的易碎珍宝。面对她，一举一动都要小心再小心，仔细再仔细。

　　慢慢地，小娃娃长大了，好像突然又有一天，她的个头一下子蹿到了和妈妈一般高。她不再那么弱小，学会了很多生活技能，同时，也开始叛逆了，常和父母"对着干"，把他们气得不轻。

　　吵闹赌气的青春期过了，她考上了大学，顺利毕业。她觉得她可以独立生活了，也发现父母在变老。她和许多刚独立工作赚钱的年轻人一样，觉得自己很了不得，能养活自己反哺父母了；觉得爸爸妈妈快要跟不上时代，跟不上潮流了。有时候通电话嫌麻烦会用一句"说了你也不懂"敷衍了之。可其实啊，他们懂的可多了，真遇上事儿啊，还得是他们帮你撑着塌下来的天，父母比孩子想象中要强大得太多。

生活啊，哪有那么容易。你觉得轻松，是有人在帮你背负着重担。而有的时候，其实天早就塌下来了，你没觉着，是没砸到你，有人帮你撑着呢。

从2018年7月我确诊得病到现在，将近三年与白血病"共舞"的日子里，爸爸妈妈一直以"托举"的姿态咬牙过日子。他们帮我撑着塌下来的天，拼尽全力忍住所有的担惊受怕、卖房筹集医药费的压力，放弃所有陪伴着我，有苦往心里咽，有泪往肚里吞。面对我，他们总是笑着告诉我，姑娘别怕，啥事儿没有！

我第一次化疗发烧，被转入单人病房，爸爸仔细擦拭了房间的每一个角落，把我抱过去后，出门给我买了一束百合，还念念有词地告诉我，百合百合，百病愈合。虽然很快花就被没收了，但是以后每次难受，我都会默念"百合百合，百病愈合"，好像魔法口令一般，有神奇的治愈能力。

我心情不好的时候，爸爸偷偷给我买了一大袋子我爱吃的零食，要馋着我快点好起来。其中有一袋巧克力，每一颗拆开都有小纸条，写着"可爱的我来救你了""爱笑的你运气一定不会太差"，像开盲盒，每一颗的祝福语都不重样儿。

大部分时候，爸爸妈妈轮流在病房里陪我，他们习惯坐在床边捏我的脚丫，我靠在床头半睡半醒，有时候感受到握着我脚的手开始有一下没一下地抽动，我就知道爸爸／妈妈睡着了。睁眼一看，果然，爸爸／妈妈坐在那里摇摇晃晃，不住地"点头"，鬓间还带着汗珠。

对了，爸爸还学会了做饭，用他自己的话说，他已然是个不错的厨师。哈尔滨的冬天很冷，他每天拎着暖瓶或饭盒走十几分钟给我送饭，一日三餐，每次到病房里时手都冻得通红。他学会了做锅包肉、溜肉段、拔丝土豆等"硬菜"！还有，不得不说，爸爸蒸的大包子真是一绝！只是那段时间，爸爸的身上每天都是油烟味，他自己都没注意到。

第二次移植后，我行走困难，四肢无力，坐起来需要用头来顶一下借力。我是一个在屋子里憋不住的人,行动不便,每天像小狗渴望骨头一样望着窗外。爸爸妈妈给我买了个小轮椅,这个小轮椅带着我跨过栏杆,下过台阶,碾过碎石,蹚过沙土……因为有爸爸,他让我的轮椅所到之处,皆化坦途。而且,他还能把我的小轮椅推出"推背感""起飞感""抬轿感"。

出院后,有段时间一到半夜就腿疼,疼得坐立难安龇牙咧嘴,能把眼泪硬生生逼出来,止疼药也不管用。可是,也不知道为什么,坐在轮椅上晃动就舒服些,于是爸爸就用小轮椅推着我在客厅一圈一圈地走,妈妈躺在沙发上看着我俩。他们说小时候就是这样,我半夜哭,爸爸就抱着我在房间里一圈圈地走,妈妈躺在一边看着我们。我好像能想象出那个画面,年轻的父母和一个软软小小哭鼻子的娃娃,那对父母当时所能想象的应该都是关于一个小姑娘美好的成长过程,盼着她长大。可没想到她刚一长大就生了病,但是这对父母仍然爱她照顾她,像小时候一样寸步不离地陪着她,哪怕他们已不再年轻。

有一天散步的时候,我问妈妈,这两年多来她最大的感触是什么?我本以为她会说苦、说累、说难,没有,都没有。

她说，医学发展得太快了！妈妈平时除了事无巨细地照顾我，就是每天浏览各个病友群，看其他病友或家属分享的状况，及时给我预防，生怕哪一点照顾不到。关于"白血病"的知识，我略知一二，妈妈可谓半个行家。

我问完她这个问题后，她的回答骄傲又激动，好像医学进步是她推动的一样。她告诉我现在已经有了针对 T 急淋的 CAR-T 治疗，临床很成功。而在一年多前，我刚生病的时候，还只有针对 B 急淋的 CAR-T。然后她又和我说了那句话，小桃子，你要加油啊！咱就往前走，路越走越宽！

我知道了，她的喜悦、激动与骄傲，都是因为她的孩子又多了一份活下去的希望。她从没想过放弃，希望一直在生长，而这份希望让她可以毫不在意一路走来的难和苦。妈妈总是和我说，你要相信，你就是最幸运的孩子！

我们仨这两年多的故事太多太多，小的笑话逗趣，大的关于生死、治疗方式的选择，当然矛盾摩擦，统统都有。我不知道他们还有多大的本事，一次次搬家、赴京，辗转各大医院求医、问诊，甚至请神送鬼、改地迁坟。只要我能好，他们干什么都毫无怨言。

我走不动了爸爸就或背或抱，住在哈尔滨的老房子，他每天背我上下八楼，怕我不舒服，他一口气都不歇。去大觉寺看银杏，据说寺院的门槛不能踩，那是佛祖的肩膀，而我就趴在爸爸的肩上，跨过了一道道门槛。

妈妈总是能挂到难挂的专家号，她总是能租到就近的房子，打听到不同病科的名医。乱糟糟的病历，我服用的所有药物，她都能整理得明明白白，记得清清楚楚。她和爸爸睡过医院走廊的陪护床，铺一张泡沫垫子就睡地上。刚生病时，爸爸每晚睡在车里，在道培，妈妈陪我睡了半年的陪护椅。我不知道他们这两年有没有睡过一个好觉，但每次妈妈把我搂在怀里，我都睡得很香。

曾经我以为父母对孩子好是天经地义，是本能。可在医院里，我也见过了抛弃、埋怨和放弃。我很庆幸，也很感恩有一对永远不会放弃我的父母。一家人就如唇齿相依，日子久了，难免有牙齿碰到嘴唇的时候，有时不小心磕破了、咬伤了，出了血也是有的。但真遇上了什么事儿，你会发现，到底还是唇齿相依。

　　过日子不就是顺遂有时，坎坷有时，酸酸甜甜，吵吵闹闹。平安团圆时，好生看待；落魄遭难时，乘风破浪。就是别忘了，一家人的日子是要挽着彼此的手一起过的。

　　我们仨，只要有他们俩在，我就看不到绝境，我永远有希望！

给琪琪的信

此时,我正坐在河畔的杨树下,河对岸飘过来山歌的旋律,秋虫呢哝,鸟儿啁啾,午后的阳光并不燥热,但空气中却夹杂了些不太属于秋天的闷热。

我要把最后一篇文稿完成,编辑姐姐要我写点什么给自己。确实,故事讲完后,也要给自己一个交代,这本书本就是给这两年的自己的一个交代。

2018年,23岁的琪琪,你好!不,那时候的你听到这两个字,一定会愤愤地吼回去,我不好!对不起,可是该怎么和你问候呢?我想想,就轻说一声"嗨"吧,你可能会微微睁眼看我一眼,然后把眼睛闭上,从你微皱的眉头,颤抖的睫毛，我能看出来你在忍受着痛苦，你在想用什么来排解痛苦呢？你的眼角慢慢渗出泪珠，我好想抱抱你，轻抚你的头发说，你辛苦了，别怕。可是，你已经是个小光头，没有头发了。我不忍去摸你的小光头，虽然你有时会自己揉揉脑袋笑笑，自嘲发型很酷，说自己的大脑袋晃晃，细胳膊细腿，活脱脱一个大棒棒糖！可我知道，你心里头有多难过。

突然，你翻过身子，一阵呕吐，直吐得眼泪鼻涕一起流下。我扫视垃圾袋，想看你是不是吃了什么刺激性的食物。没有，你吐来的只是黄水，确切来说应该叫"胆汁"。我这才注意到周围的环境：三面白色的隔板墙，一面带小孔的玻璃窗，一张白色的病床，你像泄了气的皮球趴在床边，虚弱地喘气，脖子上插着输液管，粘了一大块透明胶布。此时的你，已经两三日没有进食了吧。我伸手想拍拍你的背，你努力摆摆手，意思是让你自己缓缓。

我想离开，我有点害怕看到你这样子，你无力地笑笑，轻声说，回吧。可我，可我……

我知道你想尽办法坚持着，对抗着病魔。你和爸爸妈妈视频通话的时候，努力拿出苏打饼干一点点咀嚼，告诉他们你很好，刚看了《乡村爱情》，剧情特别好笑。后来，终于有一天，你熬不住了，吵着要出仓，要见爸爸妈妈。因为那个时候你偶尔会喘不上气，你怕了。爸爸来仓里，隔着玻璃看你，你一回头看见他就哭了，一把鼻涕一把泪地哇哇大哭，后来爸爸还用这件事嘲笑你来着，但是爸爸不知道他出去后，你吐出了一口带血的痰。

　　23 岁的琪琪，真坚强！真棒！就是有点倒霉吧，病魔怎么就找上你了，还没有病因，找谁说理去！但是你好勇敢哦，心态很乐观，也不藏着病，难受了就哭，舒服点了就笑，还有一股子"你过来呀"的拼劲和百折不挠的韧劲。我真的很佩服你，你是我的英雄！我也答应你，几年后的琪琪，我会继续过关斩将，不怨天尤人，不放弃希望，照顾好身体，变回美少女！

　　2022 年，27 岁的琪琪，哈喽！不想说你好，因为，我今年 26 岁，也不知道明年的你过得好不好，怕你不好来凶我，哈哈……就说"哈喽"吧。不过，我希望你很好，比任何人都希望你好，因为你是我的未来和希望。

兄弟，一切都会好起来(dei)

26岁，我希望你少去几趟医院，多出去蹦蹦跳跳，跑跑闹闹，去你想去的地方，见你想见的人，看不同的风景，认识新的朋友。对了，如果你好起来了，你不要逢人就吹嘘你生病的经历，没什么了不起的，它只属于过去，代表不了你的一生。不过，这段经历里你的收获与改变，希望你带在身上，融入骨血，别白遭这罪，活成你爱的自己！

哈哈，我觉得有些搞笑，我这算是小辈在教你这个长辈做事？那时候的你可能完全不记得我写的这些东西，或者偶尔想起，一笑而过。

以前的自己也写过"年度报告"，可下一年该怎么过还怎么过，什么"年度报告"，什么希望、嘱托、小目标，什么经验、教训、小提醒，早都忘得一干二净。我就知道你"好了伤疤忘了疼"的毛病根本就不会改！所以，嘻嘻，我写了这本书，还有这段话，提醒你（包括27岁之后的你），不要忘记一些事！

1. 照顾好身体，别拿健康开玩笑，这个玩笑你开不起。

2. 爸爸妈妈永远是最爱你的人，你答应过要带他们去看世界。你要和爸爸一起去越野，和妈妈一起去逛街，你们打算找处喜欢的地方建一座房子，修一处园子，种菜种花，养鸡养鸭，架上葡萄藤，扎一圈竹篱笆。爸爸会给你做一个秋千，妈妈会陪你聊天，你们和邻里分享家长里短，西瓜与芝麻……偶尔会一起出去走走，也欢迎朋友们来家做客。这是我能想象的最美好的家，你要和爸爸妈妈一起去实现它。

3. 我不知道你什么时候会遇见爱情，但你别急，等那个携手一生的爱人，组建你们的小家。关于爱情这事儿，我没法给你什么建议，你去遇见吧，然后回头告诉我爱情是什么样的，让我放心地把你往后的时间都陪伴给爸爸妈妈和他。我祝福你拥有美好的爱情，记得让我羡慕一下哦！

4. 这件事很重要，别以为你好了就没事儿了，可以舒舒服服过自己的小日子了，永远不要忘了在你困难时拉你一把的人，要记得报答，要带着这么多的爱与善意去帮助和温暖更多的人！你不是一直都想做个大侠吗，你已经拥有了勇气和毅力，你还要学会奉献与担当。

5. 尽你所能去为保护环境尽一份力，别忘了这是你得知自己病情时的怒吼。去关心身边的人、事、物，不要只关注自己

兄弟，一切都会好起来(dei)

眼皮子底下的琐碎，希望你可以去热爱与享受整个世界。

6. 你能勤快点儿吗？少犯点懒，做事情别再拖延，干什么都磨磨蹭蹭的。唉，算了，估计你也改不了，按你自己舒服的节奏来吧，不必慌张，享受你的时间，做一个快乐的人。

7. 给我回信，告诉我——你很好。（不好的话，也可以回来看看我，我在努力为你积攒美好，在你不如意的时候给你安慰和力量。）

就写到这儿吧，懒得猜测你的生活状态，我还要忙着享受我的 26 岁呢。不过还是祝福你一切顺遂，倘若遇上挫折困难，我也相信你可以摆平所有麻烦，这是 23 岁的琪琪为你攒下的经验与勇敢，别辜负她受过的苦难。

祝福你四季皆安，生活美好且灿烂。

来自 26 岁的小琪琪
2021 年 9 月 14 日
一个秋草未老的傍晚

至于，现在的自己，正在享受着秋凉，不慌不忙。一会儿要回家和杨姐一起唱歌，爸爸做了小鸡炖蘑菇。饭后和好友分享有意思的事情或只是闲聊，晚上再玩一会儿游戏，然后吃药、洗漱、睡觉。

最近咳嗽气短的毛病还在，但也已见好，习惯了小毛病时不时找上门，我好整以暇，静待小毛病翻出新花样，然后收拾它！

排异还是有些顽固，尤其是皮肤排异，后背的疹子消了，脖子上又起了一片红疹，将近一年了，全身上下都排了一遍，不知道体内的细胞之战什么时候才能打完，不慌，慢慢来。

最近吃饭很好，昨天中午吃了两个大肉包子，半个素包子，不得不说，爸爸的厨艺突飞猛进，太好吃！

啰唆了一通，也没什么想和现在的自己说的，当下的状态还不错，就免了自说自话吧。总之，我所见、所感、所思、所行，皆是我啊。好好养病，恢复健康！我很喜欢现在的自己。

附录

宝贝

如果苦难不能拒绝,那就把它处理得艺术一点。

这一次,我还当你们的小宝贝

琪琪:养大一个孩子要多长时间呢?

爸爸:那时候我还是个小伙儿,一晃儿已有了皱纹和白头发了。

琪琪:养大一个孩子要担多少风险呢?

妈妈:我最近想着给她准备什么嫁妆,可医生说我的孩子得了白血病!

琪琪：我第一次看到一个人真的可以一夜间白发！妈，你怕吗？

妈妈：咱不怕宝贝，妈妈一定求医生救你！

琪琪：你别哭，可能老天爷看你太过宠我吧，替你把我摔打摔打。

琪琪：爸，你疼吗？

爸爸：不疼，只要能救我宝贝，要我骨头油爸都给！

琪琪：可我心疼啊！回输骨髓血那天，护士给我注射了镇定，可我一觉醒来，看到巴掌大的血袋还是一袋又一袋！

爸妈：宝贝，我们要你活下来！你不属于我们，而我们无条件爱你！

琪琪：现在我们仨可是过命的交情了，谁都不可以放弃！可是，有几次我真的好难受啊，要是我没了你们怎么办啊？

爸妈：宝贝你不能有事啊！

琪琪：哎哟，好啦好啦，别吵别吵。我这不是好好的吗？医生说，以后我的生命要从回输那天开始算。

爸妈：那每年你就可以多过一个生日喽。

琪琪：是啊，这一次，我还当你们的小宝贝！

爸妈：宝贝。

你说的话，我有听到

@Catherine：琪琪~关注你很久啦，真的好开心你又好起来。谢谢你带给我们你坚强乐观的一面。经历这些你一定也有伤心难过的时候吧。一定要照顾好自己的身体和心理~你真的很棒很坚强，但有的时候软弱一下也是可以哒，加油！

@~Liu 🌵🌵🍐😀：状态越来越好了，加油哦，最棒的琪琪子，要更努力恢复，我最棒的琪琪子！

@活捉一只张可爱：琪琪，从你刚有抖音号的时候就关注你了，两年来见证了你的一点一滴，看到你现在身体一点点变好真的好开心，祝越来越好！

@一口蛋黄苏：温柔的人总会得到善待，接下来的每一天一定好好加油！

@半年不改：这一路走来，最要感谢的是自己啊！身体、精神上的痛苦只有自己知道，谢谢自己这一路走来没放弃，谢谢自己这一路走来没舍得让大家伤心。你永远都是最勇敢的琪琪弗，秋天要来了，一起期待明年春天吧。天天见啊！

@熊与猫的花园：琪琪，我是杨小诺！去年在治疗中的我通过刷视频看到了你，不知道翻看你的视频多少次，每次因为治疗心态崩了的时候就会找你的视频，感觉你每一句都说到我心里去了，然后哭一场，继续刚。琪琪，谢谢你的陪伴！

去年在你的视频里，刷到了你说要送自己一朵小红花，我就想我也要送自己，不只是小红花，我要送自己一个花开不断的花园。

　　记得在直播里我给你说的话吗？康复了来重庆哇，我带你坐开往春天的轨道交通。如今我还可以对你说，来我的花园啊，我还要送你一朵小红花！

@穗岁：姐姐加油！看着你从第一次恢复然后又复发最后到现在，真的很心疼，你也给了我很大的力量，让我相信了只要不放弃就一切皆有可能。加油！关关难过关关过，前路漫漫亦灿灿！

@绯：从第一次刷到你的视频到现在，有时不敢去看你的视频但又忍不住去看看你的消息。希望你好好的，毕竟爸妈都在陪你进行一场豪赌，希望你会赢。书出版了我一定会买，加油兄 dei，送你一朵小红花。

@绝境鬼王🌸小花花：没关系哟，每一步都有它的意义，回头看，其实我们都好勇敢，加油呀，会越来越好的。

@Getting lucky：琪琪好棒！越来越有精气神啦！好像也胖了一些，哈哈加油，白白胖胖健健康康快快乐乐生活旺旺。

@张周周：我也生病了一年多，最多的是学会了感恩。临了却不知从何说起，"这世界不停开花，我想放进你心里一朵。"这是我最想和你说的话。我还很想给你一个拥抱。抱一抱你，摸一摸你的头。

@小琪：你叫琪琪弗我叫小琪，关注你很久了，看到你最近状态那么好我也很开心！你为了你的身体一直升级打怪，我为了高考也在升级打怪，咱们两个一起加油吧！

@null：谢谢你，把希望的阳光带给大家，每次觉得生活有阴霾时，看到你，就像一道阳光照进心里。希望"这道光"在未来的路途上，平平安安，开开心心！

@黏黏：每个生病的孩子都是上天选中的勇士，当他们打败病魔后，能获得非常棒的奖励。

@ve：头发长长啦，真好！希望世界上善良的人都有应有的爱与不息的希望。

@雨柠：从一开始到现在，看到你越来越好，我也就放心了。来自陌生人的祝福，祝福你想要的都能得到。

@郭小美：一直一直以来都默默地关注着你，看着你一次次进医院再出医院，真的觉得你好棒。每次看到你这么努力，我就充满了正能量。真希望有一天一个蹦蹦跳跳的琪琪弗拍着我肩膀说，嗨！兄 dei！我是琪琪弗呀！

@返返：你的乐观心态和面对病魔的坚强，是很多人做不到的，关注你挺长时间的了，希望你能彻底摆脱病痛，健康地生活下去。

@Surprise：小姐姐，我是你的粉丝，有关注着你，快点好起来。加油！

@叶紫云：努力走出这一段阴影，既是对琪琪说的话，也对自己说，加油！

@黑妮儿：亲爱的，一路看你走来实属不容易，喜欢你积极豁达的性格,一切都会越来越好!未来可期。

@刘硕:我想对琪琪说,不管你还要打多久的怪,不管你打什么样子的怪,我祝你在打怪中,次次赢!!!!

@这里是小曹同学:看着你一点一点好起来,看着你一点一点变化,盼望着秋去春来,也期待着再次春暖花开,你让我看到了生命的强大,意念的坚定,也让我明白了活着的价值和热爱的执着,与其说是我陪着你,不如说是你在陪着我。

@玉:一路看着你移植,然后又经历第二次移植,我懂得你经历过什么!也是你让我学会越来越乐观!兄dei,别怂,正面刚!我们是抗白的战友,加油!

@小兔崽汁🐨：觉得自己这几年很难很坎坷，但是从第一次刷到你的视频就被你的乐观坚强所打动，我可能不会过多的表达，每次会送上一句加油，但是从你的视频总能带给我动力，仿佛没有过不去的事情，我们一起加油吧！

@浓小圣：亲爱的兄dei，亲爱的琪琪弗，亲爱的小学妹，不许说交代，只是记录而已！人生宽度厚度是同步的，小小的你承受了太多。宝贝！继续活下去！那么美好的你值得这个世界的偏爱，你答应过我要吃好多好多棒棒糖的！

@@小糖和果娃。：从你那一句"嘿，兄dei~"开始关注你，到现在也有3、4年了，加油鸭，相信你是顽强的琪琪弗。

@星河不入眼：琪琪加油，关注已经2年有余，因为亲人也是生的一样的病,因此感同身受,请一定一定保持健康快乐!

@我是小豆豆同学:你是我见过最乐观最阳光的女孩,所以你尽管加油就是了,老天会让你变成奇迹的!

@麦子:琪琪弗,从疫情初始的新年初开始关注到你,那时多想去通州给你送B型血。当年我的女同桌没有你幸运,希望幸运女神眷顾你,一个人足够强大的琪琪弗!

@池上:一直默默关注你,感动于你的坚强。生命就像一条长河,不一定要到终点,经历了沿途充实了内心就够了,加油!

@蕊儿.:只有生病了的人,才能懂得琪琪到底有多艰难且坚强地一路走来。

@噜啦噜啦嘞：琪琪真的是一个超级坚强又无敌乐观的女孩子呀，说话声音还那么温柔。加油，以后的日子还长着呢！

@一片碎骨：你让我看到了生命的珍贵，你那么努力那么坚强，我们又在害怕什么呢？！

@我咋这么可爱呢~：琪琪弗，我每天都会特意搜索你的视频，期待你的更新，但是又害怕你会不会悄无声息地离开。我是一个医生我知道面对疾病有时候我们是无力的，但是记得乐观，你的那一句"嘿，兄 dei ~"是世间的治愈。

@喵喵丁：好久看不到你，就会有点伤心，每次看到你动态，都会觉得很感动。

@下凡的天使：默默关注你一年多了，没什么多的想说了，只希望姐姐可以健健康康，一定要做一个厉害的人。

@I lost coffee：关注了你很久，就像一个从未谋面的妹妹，很想知道你每天过得好不好。你的状态告诉我，你已经在每天都进步一点点的路上啦！未来会有好多好多的幸福在等着你，加油！

@拾贰i：看着琪琪弗越来越好啦！还是那句话：你别怂，正面刚！

@Loggie：琪琪，刚认识你时我还是一个读研的学生。疫情时很担心你在医院，却不知道能做什么。北国的你说想看花，于是我尽可能地在成都拍春天刚刚开放的花花给你，也把生机给你，希望来年和往后很多年的你能不错过这年年春光！

@Moeyin：姐姐我只希望你能越来越好！来广州我带你去玩，带你去喝早茶！加油！

@依：你更要谢谢自己，因为吃过世上最苦的苦，以后都是甜的。

@终极小坏蛋：琪琪！又看到你了！真为你高兴！加油！

@半张脸：小学三年级，得了甲肝，在家里休息了一个月，痊愈后去上学，老师怕我传染给别人，把我一个人放在靠门的第一排，一下课别人就能看见我一个人守着一个只能放一个书包的烂桌子，小时候特别敏感，所以一下课就跑开了。

不想让别人看到我一个人坐，后来坐了一段时间，老师发现也没什么问题，重新调座位，给我分配了一个同桌，还是正中间第一排，不敢相

兄弟，一切都会好起来

信自己的耳朵，感觉那是我最幸福的一天。

@朵儿和倩儿：希望看见你长发飘飘的样子。

@合羽：琪琪你要加油，美丽而灿烂地活着！

@胖胖不是个胖子_：谢谢你让我看到生命能有多顽强。我们厌倦的时光，是你珍视想留住的，我们不珍惜的日子，是你用力想争取的，有的人活着想放弃，有的人想活着却要拼了命努力。抱歉我们都无能为力，只能祝福你，祝你健康！祝你安好！加油！

@Au vevoir-：看你这条视频状态，气色都好多了。真好，虽然一直没有评论，但一直默默关注，看到你点赞量少了会替你担心，希望你多接一些广告。我无法感同身受，却每每看到你的视频都觉得，呼～还好，看琪琪弗又发视频啦，真好！

@S。s：就想某一天刷到你的视频，你说：嘿，兄dei我痊愈啦！

@布❀豆麻麻：大琪琪加油，我一直默默看着，每次看到你更新我都会从心底说一句，这个姑娘变得更好了，也会越来越好！

@哎哟喂：你把我们写进书里，我们把你写进心里！

@野总Zoe：每次看你的视频，都能感到满满的生命力。道路虽远必达，我们一起加油！

@FYzws：加油，每天看到你，就是正能量，谢谢你，每天看到你的视频心里都在祈祷，加油，

兄弟(dei)，一切都会好起来

会好的！

@🌻：一路以来都在陪着你，看着你越来越棒，希望你越来越好，越来越健康，等好了我们一起去旅游吧！

@Shirley Shi：你的勇敢和坚强，鼓励着我。也谢谢琪琪弗，一定会苦尽甘来的！

@Allen：忘记自己是什么时候看到你的视频，每次刷到你的视频心里还是挺纠结的，一方面是不忍心，另一方面想听到你最近的心情。说真的，如果换作是我，我一定不会像你这么这么勇敢，这大概就是被天使吻过的人吧。

@VAJG：看到你，真的有被治愈到。

@笑靥随心：琪琪，大坎之后，必有大福。期待你康复后来上海的那天，我记得答应你的迪士尼之旅，加油加油！

@奔跑的哈士奇：有家人的地方就有故事，有故事的地方就有爱，愿生活依旧，春暖花开。

@一起呀🍄：勇敢琪琪弗！冲鸭！别怂！正面刚！你的头发，时间久了就会越来越长，就像你的一切，时间久了就会越来越好！

@山不转路转：看见你又重生了……继续加油。人间太苦了，你尝遍了，接下来都是甜了。

@哒哒小咕噜：关注你一年多了，想看你褪去被病痛折磨的憔悴，恢复那个青春活力的脸庞，成为一个轻松又优秀的小女孩，想看你的世界不再有一次次的打怪，慢慢变成最普通又最温馨的小日常。

@Ivy__羊咩咩：第一次看到你的视频是我刚进仓的时候，那时候你出院在家和妈妈一起包饺子喝小米粥，转眼又两年过去了，我们都越来越好了！真好！

@小米：我们每个人来世界走一遭，都终将离去，但不是每个人遭遇不幸后，都有这份勇气、乐观和坚强，来为这个世界留下些什么。在生命循环延续的长河中，你已经是一颗亮眼的星星啦，加油，每个人终会再次遇见。

@张小坑儿z：17年的夏天认识琪琪，好干净好漂亮又那么阳光的姑娘，在你身上我看到了所有美好的样子，你对未来的种种期待和那种坚定的信念我一直记得。谢谢你的分享，你是最棒的姑娘！你也会是最幸运的姑娘！

@xmg：加油丫头，你的经历一直都在鼓励着我。永不放弃！

@萌了个乖乖。：每当我失意时，都回忆起你的坚强意志，使我坚强地面对困难走下去，所以谢谢你！加油，祝愿你打败魔鬼。我们一直在！

@和其光同其尘：只要能好起来，一切都是值得的！我能在困难时坚持下来，克服自己的消极情绪，是因为你也在坚持。看到你就觉得一切困难都能克服，鼓励你的同时，你也在鼓励我。未来你一定要好好的呀！

@小乔：坚强的女孩儿，身后有人守护，前进也有人陪伴，幸福的路慢慢走，享受幸福的过程，加油加油！

@爱上爱情的爱🌸：琪琪加油～一定会好的～彩虹和未来都在等你。

@善恶都是我：19年年初生病，不久在抖音上刷到你，B急淋的我遇到了T急淋的你。一直以来我都把你当作我的精神支柱，你的乐观坚强也成了我学习的榜样。愿我们前程似锦……

@秋酿：琪琪，你总是那么温柔、漂亮，把阳光快乐展现给大家，把苦难的一面留给自己，只希望你能平安喜乐，一定要好起来！

@菲菲熊：人在旅途，难免会遇到荆棘和坎坷，但风雨过后，一定会有美丽的彩虹。妹子，加油！

@*颜伊尹*：刚看了很多你早期的视频，那时的你好像很活泼。我想如果没有生病，你一定是那个大大咧咧的可爱小女孩，你一定可以度过这九九八十一难，否极泰来，涅槃而生，期待见到那个健康的琪琪弗！

@*泡泡甜*：好想把我的肉肉分给你一些。

@*嫩瓜叠*：那时候我也在深渊，你也在深渊，现在我好了，我也希望你也快点好起来。

@*巾雨*：虽然感觉乐观好难，但是看你的视频就感觉生活很有希望。

@*新疆牛羊协会会长*：因为你，我去年才放弃了自杀的想法，姐姐你要好好的。

兄弟，一切都会好起来

@ 小不懂真不懂：看着你这么努力，我就在想，我这些事真的不算什么。

@ 你挺各涩：希望你这本书永远写不到终结。

@ 胖笛今天吃点啥：从你短头发看到小光头再看到短头发，一路上除了加油不知道还有什么能支持你的，加油，会越来越好的！

@ 六月悦呀：苦都经历完啦～接下来就是糖啦～草莓味、苹果味、橙子味、葡萄味、荔枝味……兄 dei 你以后换着味儿吃～再也不苦啦！

@ 小小萌：一路陪伴，愿你突破所有所有坎坷，期待你长发飘飘。

@ 沐芩妈妈：就想让你好好活下去，写好多好多书。

@！：我希望你可以长命百岁，变成老太太。那样我可以戴着老花镜督促你发视频。

@雄赳赳气昂昂：高三的我正在努力，你奋勇杀敌！我奋勇刷题！我们一起努力！

@语：每次坚持不下来了，我都会来看你的视频，我找到光了。

@Syr：我抑郁的那段时间都是看你视频挺过来的。

@金小纸：别怕，我给你做配型，要是能配成，不管是骨髓还是干细胞，要多少给多少。要是不行，也不用纠结，直接和小怪兽说："等着啊！

等我摇人!"

@死胖子你要坚持住啊:等你病好了,你就带着我,我带着钱,把全国吃个遍!

@木子李:你就是天上的太阳,只是乌云暂时飘过,都会过去的,只需要一阵风。

@Dendalion:天塌下来,有爸妈,有我们帮你撑着。

@钟:道阻且长,好在前面有光!

@李无为:我希望这个世界对我们都温柔一点。

@永鹏:奇迹和幸福相信了才会发生,放下包袱,奔向新生活!

@congratulations：期待你长发飘飘的样子！

@518号宇航员：生活很苦，但不要放弃爱与希望，即使活着不是件容易的事情，那也要努力地活着。

@叫我唐过过：我希望，未来的每一天，太阳能温暖到你，月亮能温柔到你，星星可以逗你开心，风能在你耳边说着悄悄话，雨滴也会告诉你天上的风景有多美。总之，今天乃至以后的每一天，世界一切的美好都与你环环相扣！

@Angela橘：你让我感动和更懂得了珍惜。我更感动于琪琪爸爸妈妈的伟大和无私。我最想说的是，你值得最好的爱。祝好。

@嗯哼：你要多吃点呀，饭要认真吃，日子要认真过，我们还有很长很长的时间呢。

@苒苒：等苦尽甘来的那天山河星月都作贺礼。

@大敏：你像是一缕春日的光，照亮自己，也照亮身边人。

@马小雨：你说陌生人对陌生人会有多少真挚的感情呢？我想我心里会一直有你，等你好起来，走起来，跑起来，给这普通的、美好的生活一个一如既往的大微笑。等你好起来，也和我一样生一个人类幼崽，然后慢慢变老。我说会就一定会！

  琪琪在此诚挚地感谢这些暖心的留言，和一直以各种方式关心着我的兄 dei 们，这本书我们一起完成。

后记

　　写这本书的过程，有心酸，有感动，更多的是快乐。

　　我知道感同身受有多重要，我想，或许听听我的故事，你能好受一些；或许我的经验能给你一点帮助；或许，就随便读读琪琪弗的故事，也许有天你能从这些文字中找到治愈的方法。

　　但是对于大多数读了这个故事的人，我表示很荣幸，也很愿意讲故事给你们听。然而，这也不过是一个女孩儿二十三四岁的一场经历而已。其实，再大的苦难过去也就过去了，不必刻意忘记，也不用放大吹嘘。故事听完了，或许能给你留下些什么。但我希望你除了当下的感受可以留在记忆里，其他的，笑一笑，合卷就忘掉。日子还长，未来，你还会有好多情绪要尝……祝福你，我的兄 dei（弟）！

  走笔至此，好像每晚给自己讲一段故事，这个二十三岁开始的故事也已讲得七七八八了，该讲些新故事了。写完这个故事，我想叫那个二十三岁的姑娘一声"英雄美少女"，祝福她接下来有漫漫岁月要过，顺遂安康；有更多精彩故事可以讲，我们，来日方长。